戀物語
1

說了愛以後

Love

青春文學教主
尾巴 著

suncolor
三采文化

楔子

張愛玲的書中曾寫過這麼一句話。

「通往男人心的路是胃，通往女人心的路是陰道。」

陰道，會通往女人的心。

性與愛，究竟是密不可分，或是能劃分乾淨？

都華央翻了個身，看著裸身男人熟睡的側臉。她伸手想要撫摸他的肩膀，想要在他耳邊呢喃，舉起的手卻遲疑了。

他們不該是做完愛後還會柔聲傾訴的關係。

所以她起身，拾起了地毯上的內衣褲，坐在床邊穿起絲襪。其間男人翻了身，醒了，只是沒睜開眼看她。

當她拉上了外套拉鍊，揹起一旁的包，床上的他才再次翻身，睡意濃厚地說：

「要走了？」

「嗯，時間也快到了。」她沉靜地說。

「那妳先走吧。」說完，鼾聲再次沉穩響起。

雖然她並不奢求男人該親吻她或是一同離開，因為那不是他們的關係。但如此淡漠的他，或多或少，還是有點傷害了她。

可是她又想從他身上期盼什麼呢？

她苦笑，帶上了門，連聲再見、下次見都沒說，就這樣離開。

筆直的走廊尾端是電梯，她進入後按下一樓。櫃檯人員對她微笑，還有其他情侶即將入住休息，都華央觀察著那些一面之緣的男女們。

他們是情侶、是外遇、是出差、是出遊？

還是說，跟她和樓上那個他一樣，只是普通的朋友。

會上床的，普通朋友。

Chapter 1

什麼時候，他愛她，比愛自己多了？
多到看不見她的心痛與眼淚，
只看見那個女人的淚水。

黃澄澄的求職介面停在電腦螢幕上好一陣子了，都華央卻無從下手，不知道該選擇怎樣的工作，或是自己適合怎樣的工作。

目前的她處於放棄狀態，幾乎是亂槍打鳥地隨意投履歷，但真的接到面試電話後又陷入「那份工作真的適合我嗎？」、「我會不會是急了所以亂找呢？」的無限循環，導致畢業已經好一段時間，她還處於失業……說是待業中好了。

一直盯著電腦螢幕導致眼睛有些發酸，都華央按壓了一下眼頭，閉上眼睛往後癱在椅背上，左右伸展著自己的脖子，深吸氣後再吐氣，接著伸了個懶腰，決定先去買杯咖啡提神。

便利商店就在樓下，所以都華央也沒想著要特別打扮，穿著一早起床到現在都沒脫掉的睡衣，用鯊魚夾隨意固定了長髮，踩著拖鞋啪嗒啪嗒地出門。

在電梯前，正巧遇到要出門的隔壁鄰居。對方年紀比自己略長一些，總是塗抹完美的妝容和得宜的打扮，站在她身邊真是自慚形穢。都華央下意識想遮住素顏的臉龐，但鄰居小姐率先打了招呼。

「今天休息嗎？」她的聲音悅耳又清亮。

「啊，對呀。」都華央不好意思說，已經休息了好一陣子。

如果畢業就是失業，那她失業三個月了，說不定是班上唯一沒工作的人。

「真羨慕呀，我也好想休息。」鄰居小姐嫣然一笑，身上傳來淡雅的香味。

漂亮的人連散發出的味道都如此高雅。

一起搭電梯下去的這段時間，都華央偷偷觀察了一下這位鄰居小姐。雖說比自己年長，但感覺最多一、二歲，那恰到好處的女人味與少女氣息完美融合，是女人正美麗的年齡。從她的妝容和打扮猜測，或許是化妝品公司或媒體公關相關產業。雖然當鄰居也快兩年了，但是都華央和她並不熟，自己搬來時對方就住在這裡了，偶爾會看見女性朋友來訪，但從沒看過男人出現。

大概和自己一樣是單身。

「那我先走了。」當電梯抵達一樓時，鄰居小姐得體地對她頷首，細長的腿蹬著高跟鞋，筆直的背影看起來自信滿滿。

「真羨慕啊……」都華央忍不住喃喃。對比自己，活像個廢柴。

畢業於傳播媒體學系的她卻花了四年才知道自己對這一塊完全沒有興趣，所以壓根沒想過要找相關行業，不然實習時的媒體公司曾表示希望她畢業後任職。

唉，她也太不知好歹，明明自己是無業遊民，還好意思挑工作。

在便利商店挑選飲料時，她想著，自己的心態是否也老去了呢？

除了自己，其他的同學現在都是早上七點起床梳妝打扮，在捷運上打瞌睡或是看書的通勤族，接著到公司開早會，並處理昨天下班後的公事，中午時喘口氣，和同事交流感情。

一開始，當身邊所有人都陸陸續續找到工作時，她還會恐慌，想著自己腳步要加快；但時間久了，那種罪惡感卻越來越淡，打電話回家跟媽媽要錢變得家常便飯，直到媽媽說沒工作就回家後，她才著急地說著就要去上班了。

看看自己的存款也沒剩多少，真的要振作了才行。

她買了提神飲料，在便利商店座位區一口氣喝完，用手背擦擦嘴唇，步出便利商店。陽光亮得刺眼，都華央瞇眼抬頭，用手遮去頭上的光線，覺得沐浴在陽光之中的感覺很好。

於是她拿出手機，撥了電話給姐妹紀牧唯。

「喂，是我啦。」

「……幹嘛？」

「哇，妳怎麼聽起來快死了？」都華央往租屋處走去。

「如果妳一份設計圖前後被修改了三十次，但客戶依然說不清楚他們到底要什麼東西，只會在那邊『意境意境』的，妳還會活蹦亂跳嗎？」

紀牧唯是平面設計師，其中工作又包括廣告及各種活動的主視覺、布置等等。說實話，都華央也搞不懂紀牧唯的具體工作內容，只知道她時常在電腦前沒日沒夜地修修改改一堆看起來都一樣的東西，偶爾還要跑去客戶那裡看現場之類。

「嗚，聽起來很慘。」她乾笑幾聲。

「妳聽起來一點也不為我可憐。所以說，米蟲，妳有什麼事情？」

「米蟲？妳不過剛畢業就找到工作而已，講話口氣這麼大。」

「我覺得這樣就很厲害了！」紀牧唯得意的笑聲依然帶著疲憊。

「我可不想把自己搞這麼累。」

「沒辦法，上班打卡制，下班責任制，設計師更是二十四小時隨傳隨到制。」紀牧唯感嘆。「所以說，打給我幹嘛？」

「就想說中午啦，妳應該也休息了，反正妳公司離我家不過兩個捷運站，一起吃個午餐怎麼樣？」

「拜託，米蟲小姐，我連上廁所的時間都沒有，哪有空跟妳悠閒吃飯？」紀牧唯微慍。「我要掛電話了，白痴客戶兩點前要看稿。」說完便真的掛斷。

「火氣這麼大。」都華央看著手機螢幕嘟囔，再次抬頭看著閃閃發亮的天空，想起那閃閃發亮的鄰居小姐。

她也想和鄰居小姐一樣，為了生活忙碌、為了工作美麗。也許她現在沒有挑工作的本錢。

反正，她連自己的興趣是什麼也不知道。

於是回家後，她盤腿坐在筆電前，決定找尋一些學生時期聽過還不錯的廣告公司工作機會。最後她選了幾家，投下履歷，然而內心又矛盾地希望不會收到面試通知。既想找到工作，和那些光鮮亮麗忙碌的上班族一樣，卻又不想做著自己毫無熱忱的工作一輩子。

但話說回來，為了生活，她還有什麼選擇呢？

她從筆電前離開，往一旁的床鋪撲倒，在床上滾來滾去的。自己確實迫切需要收入來支援生活，可她失去了一些動力，對於任何事情都沒了興趣。

她現在最不需要的就是時間，只要一有空，就會想起令人不愉快的回憶。

她並不是懶惰也不是廢柴，她只是……失去了一些自信。

那些過去不能成為如今頹廢的藉口，但午後的陽光從窗簾細縫間照進，屋內暖烘烘的，讓都華央昏昏欲睡。

半夢半醒之間，她彷彿又回到綠色大門前。

她知道自己現在處於夢境之中，不該去開那道門，但她依舊伸出手，推著那扇越來越沉重的門。

映入眼簾的還是他們，當時最好的朋友以及最愛的男友。

驚慌失措的她拉起棉被將赤裸的身體團團包住，包得住臉，卻包不住背叛。

而男友一開始很是驚恐，像是做錯事被抓包的小孩一般，從床上跳起來並趕緊穿好褲子，還不忘將地上散落的衣服丟給床上的她。但是當男友再次回過頭，臉上的愧疚消失了許多，一副「妳想怎麼樣」的表情。

如此理直氣壯。

渾厚的歌唱嗓音響起，都華央花了一點點時間才意識到是手機。她曚曨地睜開眼睛又閉上，翻身摸著手機卻摸不到，又懶得起身，她只能伸長手找著。

鈴聲斷了，都華央也覺得算了，打算再瞇一下時，鈴聲又響起了。

嘖！

都華央惱怒地從鬆軟的床上爬起，發現手機放在筆電旁。她爬過去拿起手機，下半身還縮在被子中。那是不認識的號碼，而此刻已經是下午四點，發現自己幾乎又浪費掉一整天，都華央翻了個白眼，接起電話，口氣不算友善。「哪位？」

「請問是都華央小姐嗎？」字正腔圓且聲音乾淨的陌生女聲自話筒那邊傳來。

「妳是？」都華央皺眉。

「您好，這邊是禹見廣告公司，我們收到您的履歷，想跟您約面試時間。」

都華央瞬間睡意全失，瞪大眼睛懷疑自己的耳朵。距離投履歷不過兩、三個小時，現在就收到面試通知，這該是高興嗎？

「請說。」她拿起一旁的紙筆，簡單記錄對方說的時間與地點，掛掉電話後依然不敢相信。

她立刻打電話給紀牧唯，對方的聲音聽起來距離棺材只差一步。

「紀牧唯，我可能找到工作了！」

「面試而已妳就這麼有把握？別為這種無聊事情打電話來，我超級忙，Busy！」再一次掛斷。

雖然只是面試，但她的確這樣認為。

她起身將窗簾拉開，感受外頭已經不刺眼的夕陽，看著下面三三兩兩的上班族，有些剛跑完客戶正要回公司，有些是出來買下午茶。

都華央看著眼前高聳林立的大廈，雖然依然沒有熱忱，但至少往前一步了。

從那扇綠色大門逃出來後，她終於稍稍地，往前一步了。

她是屏東人，在台北念大學，剛畢業的時候也曾考慮過是否回家鄉找工作，或是乾脆跟著父母跑菜市場。但她已經習慣台北的步調與生活，於是用了很多理由說服家人，說台北工作機會比較多、建立人脈也比較容易，而且她可以做自己憧憬的工作等等……但那些都只是藉口。

因為，她只是不想離開住在台北的男友，要是她回屏東了，便變成遠距離戀愛。那段時間她和男友的關係正有些緊繃，所以她並不想離開。

然而她永遠記得，自己帶著雀躍的心情來到男友的租屋處，想告訴他自己畢業後還能留在台北的好消息時，看到的景象。

那扇綠色大門之後曾滿載著屬於他們的回憶，雖然都不是對方的初戀，可是她對這段戀情非常認真，充滿希望與幻想，天真地以為自己未來會嫁給他。

然而從綠色大門後傳來的嬉笑卻格外明顯。一開始，都華央以為是電視的聲音，正想按下電鈴時，卻聽見了不尋常的聲響。

她皺眉，起了疑心，放在電鈴上的手指停著，轉而拿起自己的備用鑰匙。

不會的，不會是我想的那樣。

插入鑰匙之前，都華央依然如此相信這段愛情。

最後證明了全是自作多情。

男友那幾乎沒有愧疚的神情歷歷在目，將近四年的感情與信任在一瞬間瓦解，雙重的背叛卻是來自最好的朋友。

被男友壓在身下的女人，是她大學四年最好的朋友。

可都華央一直不是會吵鬧的類型，即便被傷害，也不會哭鬧，因為冷靜與沉著是她最後的尊嚴。所以當她把這件事情告訴紀牧唯時，被關注的並不是她遭遇的背叛，而是選擇和平離開的她。

「妳應該要大吵大鬧，讓所有人都知道那女人爬上別人男友的床，還有妳男友管不住自己下半身的事情！」紀牧唯總是這樣說。

都華央在腦中已經鬧了千百回，可是現實的她明白，那樣做又有什麼意義？就連抓姦在床的當下，她也只是迅速地關上門，不讓醜事外揚，並且快速收拾自己留在屋內的東西。而在這過程中，床上的「好朋友」一次也沒露出頭，縮在棉被中；至於所謂的「男朋友」，只是靜靜地站在一旁看著她收拾東西。

最後，都華央離開房間前，將備用鑰匙放在鞋櫃上。同一時間，床上的女人哭了起來，斷斷續續地說：「對不起。」

都華央沒回應，關上門拎著包，騎著機車離開那個地方。

一路上，她回過頭好幾次，抱著一絲絲幻想認為男人會追出來。或許剛才只是夢，或是他們對自己開的過分玩笑。

可是沒有，他們誰都沒有出來。都華央必須將手伸入口袋內，摸不著備分鑰匙，並且看到腳踏板上面的包包，才能提醒自己，剛剛的一切都是真的。

當她停在紅燈的十字路口時，想起了好朋友方才的眼淚。

關上門時，她看見男友對床上的女人露出疼惜表情，走過去安慰她。

哭什麼，該哭的是她嗎？

該哭的難道不是自己嗎？

但又為什麼要哭？

為了兩個背叛自己的人哭什麼呢？

胃部上方傳來悶痛，一路攀升來到了心口，心跳的每一下都是疼痛。他們什麼時候搞在一起了？什麼時候相愛了？

什麼時候，他愛她，比愛自己多了？

多到看不見她的心痛與眼淚，只看見那個女人的淚水。

忽然間，都華央呼吸不過來，像是氣喘一樣開始顫抖。紅燈轉為綠燈，後面的車子按了喇叭，她嚇了一跳，連忙用力轉動油門，接著就這樣摔了出去。

在車禍受傷的那幾天，前好友與前男友連聲慰問也沒有，但都華央也不需要。只是她心裡隱隱約約有那麼一點期望——也許自己的受傷會讓他有些罪惡感，也許他會因為這樣而來跟她談談。

但什麼也沒有。彷彿過去那些相愛都是假的，一切都靜置了，凋零了。

經過這件事，雖然留在台北的目的沒了，她還是選擇留下。

因為若是離開了，不就代表她逃了嗎？

或許去留對他們而言早就沒有意義，但她還是給自己預設立場。所以她留下了，卻像一灘爛泥。

不過今天開始會不一樣了，她已經往前了，雖然她要面試的職位和畢業科系無關，但至少她努力踏出了第一步。

站在衣櫥前看了好幾遍，她最後拿起一百零一件的正式服裝，那件在大學論文發表會上的黑色窄裙與白襯衫。

傳了訊息給紀牧唯，很快收到她簡短的回覆：「**加油祝順利**」，還附上一個要死不活的貼圖。

說實在的，都華央也很羨慕紀牧唯，雖然每天累個半死，但是做著自己喜歡的工作，倒也忙得開心。

整理好服裝儀容後，都華央看著鏡中整齊裝扮的自己，覺得好久沒有看見自己漂漂亮亮的樣子了。

也許被背叛的傷害比想像中的還要深，才會頹廢了這麼久。

拍了拍臉頰，對自己說了加油後，她穿上黑色包鞋，往外踏出。

正巧遇到隔壁的鄰居小姐要出門——不，她看起來像是剛回家。

「要去上班呀？」鄰居小姐主動打招呼。

「是呀。」都華央停頓一下。「妳今天休假？」

「不，回來換件衣服再去上班。」鄰居小姐簡單地說，點點頭後進入屋內。

看來，鄰居小姐並不是單身。

踏出一樓後，都華央從大樓的玻璃倒影上看見自己的模樣，完全像個精明幹練的上班族。於是她挺直腰桿，勾起微笑。

早晨的捷運很滿，都華央擠上車廂，卻覺得十分新鮮，想著自己雖然還不算是上班族，不過此刻她與其他人一樣站在這裡，這份雀躍的心情讓她想記錄下來。

於是她拿出手機，打開備忘錄，記錄當下心情。

人生總會有風雨，有時候是度不了的雷電交加，有時候是下了整個季節的雨天，然而大多時間都是陰天。可是，終會天晴。

我依然會相信愛情，如同相信晴天。

頹廢夠了、沮喪夠了，一切都夠了。

慢慢拾回自己遺失的自信、動力還有愛。

我或許忘記怎麼愛自己，才會把自己活得這麼廢。

今天開始，我會努力，愛著自己。

總覺得抒發完後，心情好上不少。離開捷運站她步向面試公司，腳步輕快得好像已經確定錄取了。

禹見廣告公司位在另一區商業繁華地帶，在一棟二十層大樓的中間樓層，採全白設計，落地窗邊還有雪景造景，牆壁上則有三台電視。

都華央按下門口的訪客鈴，輕快的女聲從對講機傳出：「禹見您好。」

「妳好，我有預約面試。」

「請進。」

自動門打開，櫃檯的女孩起身，看起來與自己年紀差不多。

對方和善地給了她面試單填寫基本資料，並帶她到後頭的會議室。都華央填寫好資料後，稍微打量下這間廣告公司；會議室有三間，其中兩間是小型會議室，也就是她所在之處，另外一間則是十人會議室。

正當她還在東張西望時，會議室的玻璃門打開了，一個穿著西裝的男人走進來。都華央立刻坐正，看著男人掛著微笑坐到她對面的位子。

對方看起來三十多歲，但是整體予人年輕感。他理著乾淨的短髮，西裝也是普通卻合身的款式，讓都華央有些小吃驚。她以為廣告人的穿著都是特立獨行，沒想到眼前的男人挺中規中矩的。

不過也只限於服裝，男人的眼神充滿自信與傲氣，同時又帶著一絲絲慵懶；身上散發一股雖有些刺鼻，但也不是不能接受的特殊氣息，不像是香水，反倒像是衣服的味道。

「我是管理部副理，姓溫。」男人的聲音輕柔悅耳，纖長的手指翻閱著都華央的履歷。「請妳簡單自我介紹。」

都華央一驚。仔細一想，她完全沒有準備就過來，腦中快速回想該用什麼樣的話介紹自己。姓名？畢業大學？年紀？但這些基本資料履歷表上都有了，講這些顯得沒有必要。

不，何必想那麼多，直覺就可以了。

「您好，我叫都華央，大學時期因為科系關係曾經到電視台短暫實習過，對於忙碌的電視圈生活感到十分新鮮；我很喜歡拍攝廣告的時候，時間不長，但正是因為時間不長，所以任何一個細節都很重要；每個畫面都像是一張宣傳照，將最完美的部分呈現在觀眾面前，任何一點創意都能影響大眾對這件產品的觀感，那是我最熱愛的部分。」都華央不忘露出微笑。

「嗯……既然如此，那妳怎麼會應徵行政助理呢？怎麼不考慮企劃或是編輯助理呢？比較會接觸到拍攝工作。」溫副理聽完她的介紹後微笑，雙眼盯著她。

「因為我發現自己雖然喜歡拍攝，但能力還是不足，尤其是在與人溝通的方面。而且我認為一份工作要想做到了解透澈，就必須要從最基層做起。我想透過這份工作，我可以了解各個部門需求及內容。」都華央一笑。「況且，貴公司也沒有企劃助理的職缺。」

這句話讓溫副理不禁一笑。「妳說得沒錯，的確沒缺企劃助理。那妳覺得最難一起工作的是怎樣的夥伴呢？」

最難一起工作？意見不合、私底下搞小動作、愛邀功、唯恐天下不亂等等都很難合作，但這些說了真的好嗎？都華央快速思考過一遍。那些話當然不好，說出來顯得自己是個更難合作的人。

「我認為沒有特別難合作的人。舉例來說，在大學時期曾加入的社團裡頭有著形形色色的同學們，大家一開始像盤散沙一樣，但經過分組討論與磨合後，彼此漸漸會產生共識，算是達到一個大家都能接受的折衷點。我想只要經過溝通與實地操作後，並不會有太大的問題。」

「看來妳大學生活很豐富。」溫副理又微笑了。但比起剛才的笑容，此刻顯得虛偽許多，像是社會人士的表面工夫。

「除了課業外，大學生活就是要豐富自己的生活閱歷。」面試就是第一場社會試煉，要微笑、要委婉、要和善。

「面試結果最慢會在禮拜五通知。」溫副理起身。

溫副理陪同都華央走到接待大廳，總機小姐起身對他點點頭又坐下。停在公司大門前時，都華央轉過身，原想對他說聲「謝謝您，再見」之類的話，他卻跟著她走出門禁處，來到電梯前。
「上班時間、希望待遇都如同妳履歷表上所填的是嗎？」按下電梯，溫副理指了她的履歷。
「是的。」
「明白。」溫副理拿出自己的名片遞給她。
都華央沒想到會拿到對方的名片，看了一下他的名字——溫立言。
「請等候通知。」溫立言微笑。
直到離開這間廣告公司、走過兩條街後，都華央才鬆了臉上的表情，拍拍自己的臉頰，再次拿出手機撥下那一千零一通電話。
「妳又怎樣了？」紀牧唯現在的聲音像是進了棺材又被拉出來。
「紀牧唯，我面試完了。」
「那怎樣呢？」
「說了一大堆表裡不一的話，天啊，我說謊了，面試官提出的問題我回了一堆謊言！」都華央遮住自己的臉，無力地垂下頭。
她對行政助理真實的想法是——這是一份不上不下的工作，是個踏板、基礎，但她並不想往上升，她只是想出來工作，沒什麼遠大的夢想。而她對廣告業也沒多大興趣，只是想領一份死薪水，好好繳房租，稍微出來曬曬太陽，表現得跟其他穿著西裝套裝的上班族一樣。

早上的自信滿滿完全沒了。

也許她的外表達到了，但內心依然如同窩在家中一樣，還沒走出來。

「說了一堆謊就恭喜妳離這社會更近一些了啊！」紀牧唯笑了。

「還好他沒問我未來展望，或是想從這份工作獲得什麼，那我真的會掰不出來。」都華央坐到便利商店外的椅子上。

「妳沒什麼有興趣的事情嗎？大學時不是參加過很多社團？」

「我想就是參加太多了，現在才這麼茫然。」她抬頭看著明亮的天空。陽光還是太刺眼了，怎麼面試前後的心情差這麼多？

「我想就慢慢來吧，妳就當現在的工作是一個緩衝點，再過一陣子，妳就會找到妳想要什麼了。」電話那頭的紀牧唯開始咬起類似巧克力棒的東西。

「妳確定？」

「確定。」

「妳怎麼能肯定我會找到自己想要的？」都華央有些生氣。

「我就是能確定啊，一直走一直走，一路上風花雪月，總是會出現讓妳願意停留的風景吧？」紀牧唯咬著餅乾，似乎很不專心，語氣卻很堅定。

「妳怎麼知道？」

「都華央妳是有病喔，是犯了懷疑人的病嗎？」

「我只是對於妳如此肯定頗有微辭罷了。」

「這是一定的啊，妳現在只是稍微迷路了一下，很快就會找到路。妳的前方有成千上百條路，如果妳不知道哪條是自己要的，就每一條都去走走看，條條大路通羅馬啊。」

都華央沒吭聲，靜靜思考著，電話裡只剩下紀牧唯咬著巧克力棒的聲音。

「我也要吃。」

「妳安靜了將近兩分鐘只有這句話？」紀牧唯笑了。「可惜我吃完了。」

「那該不會是妳的午餐吧？」都華央皺眉。

「妳猜對了。我相信這份工作再做個半年，我都能成佛了，對於世間一切不再有怨恨也不再有要求，只剩下 Case、Case、Case！」紀牧唯哀叫了一聲。「妳覺得面試會過嗎？」

「我不知道，盡力表現了。對了，一般面試官都會送到電梯門口嗎？這是社會禮儀嗎？」

「面試官送妳到電梯門口喔？」

「是啊，我還挺訝異的。但這是我第一次去面試，所以我也不知道對方這樣是不是正常。」

「那機會很大啊，通常是送到門口或是拿到面試官名片的更有機會。」

「是這樣嗎？我有拿到名片吔！」都華央心有懷疑。說不定溫立言只是比較有禮貌。

「那恭喜妳啦，沒意外就是錄取了，但也要沒比妳更合適的人選出現才行。好了，不說了，我要忙了。」

「那等妳比較不忙，我們再約出來吧。」都華央微笑著掛掉電話。

紀牧唯是同間大學不同科系的朋友，會認識英文系的她說來也是巧妙——對，紀牧唯是英文系，畢業後卻不選擇任何跟英文有關的工作。她曾面試過翻譯公司，也錄取了，但最終卻選了相差十萬八千里的設計業。

紀牧唯從大學時代便雙修設計科系，最後反而對副修更有興趣，都華央倒是感同身受。太多人念的科系和工作毫無相關。

她們認識的緣由是社團。她們一同參加跟英文、傳播都沒關係的吉他社，而兩個人又都在入社後對吉他興趣缺缺，便經常聚在角落打屁聊天，久而久之便成了好朋友。發生綠色大門事件後，也是紀牧唯照顧受傷的她。生性火爆的紀牧唯在都華央車禍的傷勢復原之後，曾經氣沖沖地要拉著她找男方理論，或是去找那女人賞個幾巴掌。

都華央拒絕了，只是在紀牧唯死拖活拉之下，她們還是來到了男方上課的教室外。然而當時她看見的是，前好友與前男友坐在教室裡頭互相抄看筆記的畫面。簡單、單純，什麼也沒有的一幕，更讓她明白，過去的就是過去了，不論曾經多美好的愛，離去了便是死了，怎樣都喚不回一絲一毫的可能，她也不想要。

死纏爛打，搞得眾所周知，又有什麼意義呢？

不愛就是不愛，無關乎什麼自尊、責任，就真的只是緣分盡了。

從此，她便不再提起這事。

「他們最後一定會分手，過得很慘很慘，這是背叛者的下場，他們最後都會後悔曾經這樣傷害妳！」紀牧唯最後這麼詛咒著，從此也對這事三緘其口。

唉，這些都是好久以前的事情了。

都華央覺得天上的陽光依舊刺眼，決定進到便利商店買杯冰咖啡，坐在窗邊再次看著人群來往。

他們最後會分手嗎？

不惜背叛自己也要在一起的兩個人，會如此輕易分手嗎？

他們若是分手，那份感情便不過爾爾；但若是不分手，那是不是表示自己和他的感情沒有他們的深？

她不希望他們過得很慘，但也不希望他們過得好。

都華央拿出手機，滑到早上的備忘錄，打下現在的心情。

這是怎樣的矛盾啊？

怎麼一踏出家門，我就開始說謊了。

今天不斷想起綠色大門，該不會是壞運的預告吧？

面試，總覺得不太順利。

這份工作我一點興趣也沒有，原來我依然提不起幹勁。
得過且過，大概就是現在的想法了。
另外，今天我發現自己的邪惡了，但又認識了自己一些。
除了無法跟舊情人做朋友外，我也不是會希望舊情人過得好的人。
但我也不想他們很慘很慘。
因為要是真的不在乎了，又怎麼會在意他們過得好或壞呢？
只是我還是不免想著，難道是我的問題嗎？
是我哪裡做不好了，才讓那份愛遠去了？
還是說我會這麼糾結的原因是自己被背叛，否則我可能也毫不在乎。
或許，我本身就是難忘過去的類型。

收起手機，都華央將咖啡一飲而盡，然後起身丟入回收，決定回家補眠，連妝也不要卸，衣服也不要換，直接躺到床上好好睡一覺。
這一次，請神明保佑，別再夢到綠色大門。

Chapter 2

成長的過程中總暗戀過幾個人，
只是現在都想不太起來罷了。
不，也不是完全都忘記。
有一個人曾經很不一樣。

都華央用力眨眼、深呼吸共三次，外加捏臉頰，才確定不是在做夢。

事情回到十分鐘前，當她還在夢中會周公時，手機鈴聲響起，周公要她去接電話，她卻擺擺手不願意。

她很清楚自己正在夢境之中，且確認加班到幾乎天亮的紀牧唯此刻已經睡死到世界末日都不會醒來，父母也不會一大清早撥電話來，那除了他們，就只剩下推銷電話了。

連在夢中都覺得可悲，自己生活圈怎麼小得這麼可憐？

但夢裡的周公卻用力打了自己的頭讓她強制醒來，只好翻身拿起手機接起。

「喂……」窗簾已經遮不住背後烈日，都華央將棉被蓋至臉上，遮住光亮。

「請問是都華央小姐嗎？」話筒那方傳來好聽的男人聲音，這樣的聲音一定是推銷。都華央正準備掛掉電話時，對方的聲音又響起。「我這邊是禹見廣告公司，敝姓溫。」

都華央倏地清醒過來，整個人從床上彈起。

「啊，您好！」她慌張地將一頭亂髮順到耳後，順便拿起一旁的時鐘。現在居然已經下午兩點了！

「現在方便講電話嗎？」溫立言的聲音傳來輕笑，想來是猜到了她還在睡覺。

都華央有些尷尬道：「當然，請說。」

「我想先恭喜妳，根據我們多方評估後，決定聘雇妳為行政助理。請問妳現在找到其他工作了嗎？」

「沒有。」都華央甚至沒再投過履歷。

「那下禮拜一過來報到，這時間可以嗎？」

「可以。」

「那好，我等會兒會發一封報到須知的 Mail 到妳信箱裡，那就下禮拜一早上九點見。」

掛掉電話後，對方輕聲的笑依然烙印在都華央耳中。

於是她回到剛才的狀態，用力眨眼、深呼吸、捏臉頰，用枕頭捂住自己的臉大叫，並用力搥著床。雖然這樣的反應太過誇張，但她畢竟終於找到工作了。

只是她停了一下。月薪不過兩萬多的行政助理，她會不會太容易滿足？她忽然覺得自己是否浪費了大學四年，找了個或許高中畢業就能夠勝任的工作呢？

方才雀躍的心情消失殆盡，取而代之的是些許不暢快的哀愁。

於是她開啟手機的備忘錄，再次寫下此刻的心情。

我是不是不夠努力？

會不會某天回過神，我就這麼老去卻一事無成。

然而即便有此體悟與擔憂，我卻不知道要怎麼努力。

學生時代的努力就是考好成績，但是出社會以後呢？

考證照嗎？努力工作嗎？

但這些真的能改變人生了嗎？

或許是一種無病呻吟，我甚至連自己想要什麼都不知道。

以前以為長大了，很多事情都會知道了。但如今我還是不知道。

我不能再天真地說著：「以後會知道。」

因為現在已經是以後了。

我究竟想要什麼？

知道的那天，真的會來到嗎？

寫下一連串連日記都稱不上的心情小語後，她爬起身，只能告訴自己走一步算一步。就從今天開始，努力吧！

不過當她刷牙洗臉，準備拿包泡麵當午餐時，忽然從櫥櫃玻璃上看見自己邋遢的倒影。太久沒有化妝，都忘記怎麼化妝；太久沒有打扮，都忘記要怎麼打扮。

於是，她放下泡麵，決定先發訊息給紀牧唯，邀她週末逛街，陪她採買一身行頭，順便告訴她自己找到了工作。

「**還沒領薪水就要先花錢啊？**」紀牧唯百忙之中還抽空回了簡訊，這讓都華央倍感安慰。

「**邀請社會人士幫挑些社會行頭，這個理由可以嗎？**」

「**我接受！**」紀牧唯附上大笑貼圖。

她微笑，自己頹廢得也夠久了。

要整理自己的內心，就必須實際地從環境整理開始。她清洗了床單，曬於陽光之下，整理了地板上所有角落的灰塵與毛髮、清洗了馬桶中的陳年汙垢、連不通暢的排水孔都處理好了。

接下來，就是丟棄了。

她將衣櫥裡頭不會再穿的衣服拿出來，全部塞進塑膠套中，並且把不會再看的書本也挑出，同時將一些過期的保養品、保健食品都丟掉。

斷捨離不容易，過去，她曾經好幾次把要丟掉的東西又拿回原位，然而這次她決定向過去的自己告別，雖然捨不得，但同時也感受到內心的某部分彷彿也產生了變化。

物理上的整理完畢後，便是心理上的了。

深吸一口氣，她打開電腦，點開相簿。

這裡的相片共有35G，是大學四年來與他的過往。這些照片她不敢看，就怕觸動了回憶，或是噁心了自己。

她認為若是整理好情緒的話，那再次見到過去的照片也不會有任何感觸，所以她必須要重新看過一遍。這是一種尊重，又或是悼念儀式，抑或是證明自己真的放下了。

可是當她點進大一相簿，瞧見了他們第一張班級合照的時候，都華央卻退縮了。她瞬間關掉相片簿，心中那股難受的情緒揮之不去。

於是她明白了，她還沒放下。

不是還愛著前男友，只是還沒辦法放下過去。

所以，那35G的相簿只好繼續先放在那裡。

也許有一天，她真的可以重新看過那些照片，然後一笑置之，連處理與否都不再重要。

做到這樣的話，她就是真的放下了。

她將租屋內外徹徹底底地大掃除一番後，再去沖個澡，心血來潮地化了個淡妝，拿起錢包外出，買了可愛的蕾絲小桌布及小型盆栽回來裝點自己的房間。

看著乾淨整齊的屋內，自己的呼吸暢通多了，雖然還不是完全放下了，但她至少前進了一步。

裡裡外外，打掃乾淨。

實際上的、心理上的都是，雖然不到完全整潔……

但至少，我覺得今天，我真的跨出一步了。

不，應該是第二步，畢竟我的第一步是找到工作。

她為今天下了一個注解，嘴角終於能夠稍微帶起微笑。

－－－

「我想，或許要忘記上一段戀情，最好的方式就是找尋新的戀情。」紀牧唯聽了都華央前幾天的心情後，給了這樣的注解。

「但是我覺得，要靠下一段戀情忘記上一段是一種很白痴的做法。」都華央不認同，吸了口手搖飲。

「吼，又不是說叫妳利用下一個人。有點像是轉移注意力一樣，感受到被人疼愛著，感受到自己也還有愛人的能力，然後有一天回首，就發現已經忘記啦！」紀牧唯兩手一拍。

「算了，我暫時不想戀愛。」都華央停頓一下。「況且也沒有對象。」

「完全沒有？」紀牧唯問。

「完全沒有。」都華央進了一家服飾店。「認真幫我挑衣服啦！」

紀牧唯簡單掃視過這家服飾店，低聲說著：「我覺得上班族就是要穿一些有氣質的衣服。」

「這裡很有氣質啊。」都華央環顧店內服裝。

「這些都是套裝，太過正式了。」紀牧唯聳肩，拉著她走出這家店。「我今天不想陪妳挑衣服，我要好好跟妳聊聊戀愛的事情。」

「我今天找妳就是要挑衣服吔！」都華央怪叫。「我禮拜一就要上班了！」

紀牧唯轉了轉眼珠，又轉身回到方才那間店。「第一天上班就穿套裝。」

「妳剛才還說不要套裝，妳是不是敷衍我啊？」

說歸這麼說，都華央還是買下兩套簡單的黑長褲和白襯衫，就被紀牧唯強拉著到一旁的咖啡廳。

「我第一個禮拜上班也是穿套裝，接下來就都亂穿了。妳先去上班，以後看看公司風氣再決定要買什麼衣服吧。」一坐下，紀牧唯拿起桌面上的紙巾擦了擦微濕的後頸。「為什麼短髮沒有比較涼快？我覺得後頸好像還曬黑了。」

「誰叫妳一畢業就發神經把頭髮剪短，但這樣的確很幹練。」都華央說著，點了杯清涼的紅茶與蛋糕。

「欸，趙宇廷的事情現在還影響著妳嗎？」

忽然聽到前男友的名字，讓都華央一愣。

「嗯，或多或少吧……」她不需要說謊。

「我知道，畢竟被背叛的心情不好受，一時間很難釐清是還愛著或是不甘心。」紀牧唯誠摯地看著她。「但除了趙宇廷以外，妳沒有其他心動的時刻嗎？」

「當然有啦，怎麼可能沒有！我也交過其他男友的。」

「不是說那些分手了的男友，是新的男人，或是說現在想起也會心動的舊男人。」紀牧唯解釋著。

就跟一般人一樣，在成長的過程中，她也暗戀過幾個人，只是現在都想不太起來罷了。

不，也不是完全忘記。

有一個人，曾經很不一樣。

「哦，妳停頓了一下，妳想到誰了？」紀牧唯亮了眼睛。

「沒有啦，都是學生時代的事情了。」她擺擺手。

「別這麼小氣，跟我分享一下呀！學生時代的暗戀最純粹了，簡直是少女心噴發的時期。」紀牧唯雙手交疊放在臉頰邊。「所以快跟我分享，我很需要聽聽愛情小故事滋潤一下枯萎的心。」

「所以妳是利用我呀！」都華央伸手作勢要打她。

「也是為了妳自己呀，想想過去喜歡人的那種心情，讓自己想像有一天也還能再這樣愛上下一個人。」紀牧唯義正辭嚴。

然而這樣的推論也沒錯。

「嗯……」都華央沉默了一下。

他，是國中時隔壁班的同學。

會和他有所接觸，是在某次學生自治會的幹部會議上，當時都華央代替請假的同班同學前往，就這樣遇見了他。

以國中生的年紀來說，他長得很高，理著像是漫畫中運動社團成員的平頭，膚色帶著些微黝黑，濃眉大眼，在那個男生怎麼看怎麼討厭的年紀，只有他怎麼看怎麼順眼。

那場幹部會議一直到今日，都華央都記憶猶新，因為光是坐在他的身邊，她的心就跳得好快。

然而都華央也就只有代替同學去過那一次，只是從那天起，她開始會注意隔壁的那個他。

整個國中三年，她都在偷偷看著他。

「我的天啊，真的好清純，我都起雞皮疙瘩了。」紀牧唯舉起自己的手臂給她看。「然後呢？你們有變成朋友嗎？還是有其他接觸？他現在過得怎樣？」

都華央只是聳聳肩。「都不知道。」

「真可惜。」紀牧唯往椅背一癱。「那妳還記得他叫什麼名字嗎？」

「不記得了。」都華央吐舌。「別說我了，難道妳就沒有其他戀愛故事嗎？」

「我？我每天工作就累死了，也沒什麼新對象，然後過去的男友分手就是陌生人，像是之前……」

紀牧唯打開了話匣子，都華央腦中的思緒卻飄蕩到國中時期，第一次見到他的那個場景。

台上的自治會會長點名，他慵懶地舉起手的模樣。

她當然記得他的名字。

單定一。

隔天星期日是米蟲日子的最後一天，都華央原本想好好休息一下，但就在她準備外出買午餐時，一打開門便見著了對面的鄰居。

「午安。」鄰居小姐率先打招呼，都華央也點點頭。

她稍微打量了一下鄰居小姐的穿著，窄版單寧七分褲加紅色高跟鞋，上衣則是雪紡直條紋襯衫，手拿橘色手提包。

「妳要出門呀？」

「原本要的，但臨時被放鴿子了。」鄰居小姐微微苦笑。

一個念頭忽然閃過都華央的腦中。或許是因為今天不同以往，也或許是在這時刻，她想起鄰居小姐一直以來打扮得宜又漂亮，加上紀牧唯昨天敷衍的態度，她開口問：「如果方便的話，我們一起去逛逛好嗎？」

突如其來的邀約讓鄰居小姐一愣，似乎有些猶豫。都華央正要開口說理由，鄰居小姐卻嫣然一笑。「好呀，沒問題。」

沒想到對方會一口答應，這讓都華央受寵若驚，同時也擔心起來，畢竟她和鄰居小姐一直以來都是點頭之交，忽然間就約了外出，會不會很尷尬？

但這邀約是她起頭的，也不能反悔，況且她也對鄰居小姐頗有好感。

「那妳吃了嗎？等我一下，我回去準備一下，馬上出門，可以嗎？」都華央連忙說。

「好呀，那妳好了按我門鈴就行。」鄰居小姐一笑，便開啟房門回到屋裡。

天呀！都華央連忙衝回屋內，用最快的速度化個簡單的妝容，快速選了一件牛仔短裙和短T，拿起一件小外套便揹著斜肩包出門了。

按下鄰居家的電鈴後，鄰居小姐很快地來開門，感覺上她好像連包包都沒放下，就站在門口等待一樣。

「那我們先去吃飯吧？」鄰居小姐一笑，推薦了一家小吃店。

兩人比鄰而居好長一段時間，卻保持點頭之交，直到今日才真正地搭上話。

「我們還沒自我介紹，我叫都華央，大學剛畢業沒多久，明天要去公司報到。」都華央解釋了自己不知道要穿些什麼，加上看鄰居小姐總是穿著美麗等等因素，才會提起勇氣邀約。

「哇，真的是年輕妹妹呢，我今年已經二十八歲嘍。」說歸這麼說，但是她看起來要說是剛畢業沒多久，都華央也會相信。「我叫莫云諳。」

「好特別的名字。」

「妳也是呀。」

兩人相識一笑。用餐期間，都華央得知住在對面的莫云諳也是從事廣告業，她們驚喜於彼此的共通點，於是莫云諳詢問都華央在哪家公司。報出禹見後，莫云諳微微皺了眉頭。

「咦？怎麼了嗎？」這讓都華央有些不安。

「沒什麼啦。」莫云諳喝了一口湯。「禹見挺不錯的，前途看好。」

「但是……」都華央瞇眼。

而莫云諳露出「妳真機靈」的表情，笑著擺手。「我是說真的，他們在工作表現上非常好，我們公司幾個客戶也被他們搶走喔。只是說，他們裡面的人，要睜亮眼睛相處喔。」

「這個意思是……」

「華央，妳應該沒有男朋友吧？」

「啊，是沒有。」都華央努嘴。「但是姐姐妳有男友吧。」

莫云諳一愣。「怎麼這麼說？」

「因為有時候妳會很晚回來，也會穿跟昨天一樣的衣服……啊，我不是變態一直在觀察妳喔，是剛好看見的。」怎麼有種越描越黑的感覺。

莫云諳的雙眼游移，但隨即揚起微笑，拿起一旁的衛生紙擦了嘴角。「我沒有男朋友。瞧，我是廣告業呀，有時候要應酬、拍攝、找地點等等，總之很多事情很忙，看見太陽才下班是常有的事情。」

聽到她這麼說，都華央頓時害怕起來。自己只是想找個輕鬆的工作，要是之後加班到沒日沒夜該怎麼辦？

「不用擔心啦，我們公司的行政助理也都挺準時下班。」莫云諳趕緊安慰。

「不是要挑衣服嗎？我帶妳去我常去的店。」

「啊，不能太貴喔。」都華央很明白自己和對方的財力差距。

「哈，放心，我很懂得如何挑選看起來昂貴但其實很便宜的衣服。」莫云諳眨眨眼睛，且大方地請了這餐，表示要恭喜都華央就職。

她帶著都華央來到信義商圈，原先見她朝百貨公司走去，都華央還心驚膽跳地想著，該不會莫云諳的便宜和她的便宜定義不同吧？

但原來她是帶著她進入連鎖服飾店，這裡的衣服雖不是三百九就可以解決的，但也不至於太貴……都華央很想這麼說，可是對於她這個才剛有工作、連第一份薪水都還沒領到的人來講，單價還是太高。

這就是二十二歲和二十八歲的差距。

都華央看著一旁挑選衣服挑得怡然自得的莫云諳，牆邊的鏡子反射出她們兩人，一位精明能幹、穿著高雅，另一位就像還需要父母照顧，脫離不了稚氣的學生一樣。

她不禁想著，自己二十八歲的時候，也能像莫云諳一樣，渾身散發自信，是個事業順利的女人嗎？

為了不在莫云諳面前丟臉，況且也是自己找她幫忙挑衣服的，都華央還是硬著頭皮買下了一件造型襯衫和西裝褲，並在莫云諳的建議之下，也買了短版上衣和微正式的西裝外套。

最後就在都華央結帳後覺得要吃一整個月的白飯時，莫云諳拉著她到百貨公司女鞋區。

「衣服、化妝品、保養品甚至是包包都沒有關係，但是鞋子一定要好。」莫云諳拿起一雙黑色的跟鞋放到都華央腳邊。「好的鞋子會帶妳走往好的地方。」

都華央看著莫云諳腳上的紅色高跟鞋，注意到她踩著這樣高度的鞋子也陪她逛了這麼久，深深佩服起來。

「這麼說來，姐姐妳好像有很多鞋子呢。」

「是呀，因為無論怎樣的路，妳都只能自己走，所以一定要有一雙好鞋。」莫云諳淡淡地笑。

這樣的氣氛讓都華央覺得自己拒絕不了，於是脫掉了鞋子，穿上人生第一雙真正的高跟鞋。

好緊、不習慣、好高，感覺很難走路。

這是她的第一個想法，可是當她站到了鏡子前，從裡頭倒映出來的依舊是張稚氣的臉龐，看起來卻有那麼點小女人的味道。

「高跟鞋很神奇吧？」莫云諳站在她身後，一臉得意。

「是呀！這雙腿好不像我的。話說，該不會是鏡子也故意顯瘦吧！」都華央轉了一圈，那雙看似平凡無奇的黑色高跟鞋此刻卻像是聖殿裡的皇冠一般閃耀。

「女人都該有雙高跟鞋。」莫云諳如此說。

都華央真的差點就要被蠱惑買下了，可是等她看到價格是一雙四千元多時，全醒了。

「這對我來說……太高價了。」她只能這麼說。

「沒關係，我知道其他地方也有好鞋。」莫云諳拉著都華央往外走去。

這個下午，她彷彿被莫云諳這位精靈姐姐帶著闖蕩了台北這座迷宮，去了許多自己一個人不會踏入的店，買了紀牧唯絕不會帶她買的衣服，同時存款也見底。

可是她覺得十分暢快，對於明天要上班的心情也不再那麼緊張。

「歡迎妳隨時找我逛街或吃飯。」在兩人吃完晚餐回到租屋處時，莫云諳站在門前對都華央說。

「謝謝妳，今天答應我的邀約，等我領到第一筆薪水以後，請妳吃飯當答謝，好嗎？」

「我很想說舉手之勞不算什麼，但若是妳有那心意，我不接受就太不識趣了，所以當然沒問題。」莫云諳說完後拿出手機。「我們加個好友吧。」

「好哇！」都華央眼睛亮了。

於是就這樣，都華央和莫云諳，從鄰居關係升等為朋友了。

回到房內後，都華央立刻打電話給紀牧唯。

「妳居然搭訕妳的鄰居，這是怎麼回事呀？」紀牧唯嘖嘖稱奇。

「誰要妳昨天不認真陪我挑衣服，什麼套裝就好。」都華央抱怨。

「我講得也沒錯呀，我不是說先穿套裝一個禮拜，下禮拜再一起去買別的衣服嗎？妳又不知道新公司的穿著風氣。」紀牧唯哼了聲。

「哼，那位姐姐可不需要先知道新公司的穿著風氣才有辦法幫我挑衣服，人家直接就知道要穿些什麼了。」

「廢話！因為是姐姐呀，出社會五年和出社會不到一年差很多好嗎?!」紀牧唯在電話那頭氣噗噗的。「不過那位姐姐說的一句話我倒是認同。」

「哪句？」都華央一邊卸妝一邊聽。

「鞋子呀，女人需要好的鞋子帶領妳去好的地方。」

「我還是買了一雙高跟鞋沒錯，可是真的好貴好貴，我覺得自己本來穿的帆布鞋也很不錯呀。」

「帆布鞋妳穿超久了，大一就在穿了吧！」

「我喜歡這雙啊，好穿耐走。而且我覺得自己不喜歡高跟鞋，感覺會跌倒。」都華央回頭看了下放著高跟鞋的提袋，一雙不是自己風格的鞋。

「拜託，每個女人真的都該有一雙高跟鞋。」

「到底有什麼東西是女人不該有的？」都華央覺得好笑。

「嗯……」紀牧唯卻認真思考。「不安？沒自信？懶惰？但這些東西有時候又很重要。」

都華央翻了白眼，用卸妝棉擦拭臉上，卸下自己一整天的妝容。

「我實在不知道有什麼是女人不需要的，我們什麼都需要啊！」紀牧唯還在想那個問題。「啊，有啦，會外遇的男人不需要。」

話一說出口，都華央正在卸妝的手也停下了。

瞬間她覺得有些頭暈，那扇綠色大門彷彿浮現在眼前。她立刻閉上眼睛，深吸一口氣後再緩緩吐氣。「是呀，不需要像是前男友那樣的男人。」

紀牧唯在電話那頭鬆了口氣，繼續說起自己的事情。

但其實，都華央已經沒在聽了。她的心跳飛快，一整天的好心情彷彿都在那句話之後消失殆盡。

她沒有忘記的，但是她告訴自己，現在是新的開始，舊的東西就乖乖躲在角落積灰塵吧。

過完待業族的最後一天，都華央躺在床上時，看了眼掛在門後的正式套裝，轉身點開手機的備忘錄，寫下今天的心情。

我認識了漂亮的鄰居姐姐，她的名字很好聽，人也很溫柔。

雖然她熱情又親切，總感覺還是有些隔閡。

但畢竟是剛認識呀，希望能和她越來越熟悉。

只是，紀牧唯這個白痴卻毀了我的好心情。

這已經是第二次了，有事沒事為什麼要提起前男友呢？

或許當我開始上班後，就能真正地遺忘吧，我想。

可能時間不夠久，時間再久一些，那或許或許或許，綠色大門對我不再有影響了。

話說，關於女人最需要的東西，真的是一雙好鞋嗎？
如果要走得長遠，不該是舒適的鞋子嗎？
怎麼會是難走的高跟鞋呢？這一點真是不可思議。
那最不需要的東西呢？
真的是會外遇的男人嗎？
有些外遇，會使感情加溫；有些外遇，會使人成長；有些外遇，或許才是真愛。
雖然外遇可惡，但它並不是真的沒有意義的存在。
我想，也許物欲才是最不需要的吧。
怎麼連想要振作起來，都要花上這麼多錢呢？
女人真是辛苦，光是一雙鞋就要好幾千，這花費大概比外遇還要可怕。
打完這段後她按下儲存，將手機放到一邊，又看了眼門後的套裝，最後從床上跳起來，把那套裝塞回衣櫃裡頭。
「新的開始！」都華央說。

然後拿出了莫云諳幫她挑選的衣服以及那雙高跟鞋。

新的開始。

都華央穿著西裝褲和襯衫，並將頭髮綁起來，顯得俐落大方。揹上了輕盈又大空間的背包，裡頭放著筆記本和鉛筆盒，以及衛生紙、手帕、補妝包等等，踩著那雙對自己來說有些昂貴，卻意外合適的高跟鞋出門。

她以為會遇到莫云諳，但看來她已經出門了。都華央叩叩的高跟鞋聲迴盪在走廊間，在電梯的鏡子裡看著自己的模樣，她覺得十分滿意，忽然有點認同「好的鞋子會帶妳去好的地方」這句話。

所謂的好的地方，大概指的是心靈吧！

至少穿上了高跟鞋後，整個人煥然一新了。

在捷運上，她傳了訊息給媽媽，告訴她今天是自己上班的第一天。這樣天大的好事，媽媽只回了一句：「**早該工作了。**」

都華央當下覺得有些挫折，但很快地，下一句又出現：「**加油，妳一定可以做得很好的。**」

瞬間內心暖烘烘的，甚至還有點鼻酸，這是怎麼回事呀……

再次來到禹見所在的商業大樓，電梯雖然有三部，但還是排了長長的隊伍，這讓都華央十分訝異。抵達十樓後，她往左邊走，櫃檯小姐正在幫盆花澆水，她按了電鈴，櫃檯小姐探頭，小跑步過來開門。

「不好意思，我是今天來報到的。」都華央露出微笑。

「喔，是管理部的行政助理對吧，妳要等一下喔，因為溫副理還沒到。」櫃檯小姐比了旁邊的沙發區，示意都華央先在那裡等待。

由於是新人，即便只是在這裡等待，都華央也不敢拿出手機打發時間，而且觀察一下辦公室，似乎還沒多少人來上班。

「妳不用那麼拘謹，我們這邊十點前都不算遲到，所以我也不確定溫副理幾點會到，妳可以做自己的事情啦。」櫃檯小姐見她小心翼翼的，不由得笑了聲。

「啊，但是……」都華央哪裡敢呀。

就在這時候，門口傳來了嗶卡聲，一些生面孔的同事們來了。他們先是看了都華央一眼後點點頭，然後和櫃檯小姐說早安，便進了辦公室。

緊接著，溫立言也來了。都華央趕緊站起來和他道聲早，溫立言也微笑著回應。「妳真早呢。」

「溫副理早安。」櫃檯小姐也打招呼。

「早，云云，這是我們部門的新人，如果有任何問題再請多照顧。」溫立言對櫃檯小姐說著。都華央這時站在溫立言後頭，雖然上次就注意到他身高挺高的，但這次在背後觀察，才發現他身材比例也很好。

「華央，我帶妳到辦公室。」溫立言回頭對都華央說。

「好的。」都華央嚇了一跳，希望溫立言剛才沒注意到自己在觀察他。

這是第二次來到禹見，面試的時候只去了左邊的會議室，這一次他們轉往右邊的辦公室方向；一進來之後，簡直是柳暗花明又一村，辦公室裡頭居然有座白色旋轉梯。

「樓上是財務、設計、管理部等等，進出的門只有這層，所以樓上的同事每天都要爬樓梯，身體非常健康。」溫立言說完後拍了拍自己的腿，言下之意就是他們也是樓上的一員。

聽到自己的主管會開玩笑，說實在即便難笑，至少讓都華央沒那麼緊張了。

再往前走是另一個廣大的辦公空間，筆直的地毯兩側是辦公桌，每一個辦公桌都有隔板，除非站起來，否則不會看見左右兩邊或是前面同事的臉。

底端還有一個很大的空間，但都華央看不清楚是什麼。

「這一樓則是業務、海外、企劃、行銷等部門，雖然部門好像劃分很細，但其實工作上不會分這麼清楚，反正有問題大家都會互相幫忙，所以遇到問題儘管說。」溫立言邊說邊帶都華央往樓上走去，並領著她來到一張乾淨的辦公桌前。

「這就是妳的位子。小雨。」然後他喊了一旁的女孩。「這幾天她會帶妳，有任何問題都可以找她。」

「哈囉，我叫傅小雨。」女孩看起來和自己差不多，圓潤的臉蛋和虎牙看起來十分親切。

「那就交給妳了。」說完，溫立言就回到自己的辦公座位。

「叫我小雨就可以，妳叫什麼名字？」傅小雨坐在都華央旁邊，她從凌亂的桌面拿了張紙遞過來要她寫上。「我要幫妳做印章，名片的話就不用了，我們管理部除了溫副理之外，所有人都沒有名片。」

「啊，好的，妳叫我華央就好。」她在白紙上寫下「都華央」三個字。

「妳姓都啊，真特別的名字，而且字很漂亮，太好了！這下子我們終於能有一份看得懂的檔案作業。上一個助理做得也不差啦，但字跟鬼畫符一樣，常需要翻譯。」傅小雨翻了白眼。

「小雨，不要講人八卦。」溫立言在遠方柔聲提醒。

「喔，抱歉！副理，別生氣！」傅小雨吐舌。「我一個不小心就會說太多話，加上嗓門好像有點大，有時候還會不小心被當事人聽見。」說完，她還大笑兩聲。「大家都說好險我不是總機，因為總機最重要的就是閉上嘴巴。其實我也不是八卦，只是喜歡分享而已。好啦，我先帶妳認識一下公司環境，等晚一點溫副理會帶妳到各部門跟大佬打招呼，跟我來吧。」

像是機關槍一開口就停不了，都華央連一句話都沒機會說，就急匆匆地跟著傅小雨又往樓下走，繞過一整圈後再回到樓上。

這一次，她更清楚地看見整個辦公室的格局，共有四間會議室，兩間小型會議室和一間中型會議室，小型會議室是她第一次面試的地方。而大型會議室則是在休憩區旁邊，也就是走廊底端的大空間。這裡有著像是咖啡廳的桌椅和吧檯，也提供電磁爐跟洗碗槽，同時也有咖啡機、冷熱飲水機和冰箱。

「公司規定盡量不要在座位上吃東西，所以大家都會在這邊用餐。」傅小雨邊說邊比了上頭的電視。「所以中午的時候這邊也會開電視。」

樓上除了他們的辦公室外，還有董事長辦公室跟貴賓室。傅小雨說董事長大部分時間都在國外，有時一個月會進來公司一次，有時好幾個月才會出現，時間不是很固定。

「不過就算董事長經常不在，也不是放牛吃草，畢竟每個禮拜一早上各主管都會和董事長在會議室開視訊會議。」傅小雨簡直就是一個情報通。「我們公司說大不大、說小不小，員工差不多五十個。畢竟是廣告業，大家都很有想法，所以時常發生『激烈的溝通』，但行政助理的工作比較不會和大家衝突，總之就是上面叫妳做什麼妳就做什麼，很單純。好了，還有其他問題嗎？」

從剛才到現在，這還是傅小雨第一次停下來，所以都華央總算可以說話了。

「請問化妝室在哪邊？」

「化妝室？廁所啊？唉呀，我居然忘記介紹最重要的地方了。」傅小雨拍著額頭，帶著都華央往櫃檯方向走。「像我們這樣的商業大樓，廁所都在外面啦。對了，妳今天有帶照片嗎？要幫妳弄一張門禁卡才行。」

「有，兩吋照片兩張。」報到須知上有寫。

「等等記得拿給我，還要拿人事資料卡給妳寫。」傅小雨跟櫃檯揮了手，按下門禁解鎖按鈕，走到電梯旁，指著後頭說：「走到底就是女廁了，同時裡面也有大樓的茶水間，電梯另外一邊就是男廁。」

「好。」

結果都華央只是站在原地。傅小雨疑惑道：「妳不是要去廁所嗎？」

「啊，沒有，我只是問問位置在哪裡。」都華央尷尬一笑。「所以樓上的廁所也是要走出去嗎？」

「不，樓上有專用廁所，不用走出去，在樓上的好處就是這一點啦。」傅小雨說著。「那既然我們都走到這裡了，我就來介紹一個人給妳認識吧！」傅小雨緩步靠向櫃檯。

櫃檯小姐露出笑容，左右張望了下，彷彿在確定有沒有其他同事出來一樣。

「管理部新人是吧，一樣妳帶呀？」櫃檯小姐朗聲問。

「叫都華央。她叫喬云，但我們都叫她云云。很明顯就是我們櫃檯總機，反正除了工作內容以外，公司任何大小事都可以問她，她比我還要資深呢。」

「咦？」都華央一愣。「可以問一下妳們兩個的年資嗎？妳們看起來年紀都跟我差不多。」

「唉呀，聽到這樣的話真高興，我已經是要繳交國民年金的年紀了。」喬云唉聲嘆氣。

「但也還是二開頭，有什麼好抱怨的。」傅小雨說。「我比妳大兩歲，不過我高中畢業就在工作了，所以出社會也有六、七年了。」

「哇，妳好厲害。」都華央讚嘆。

「更厲害的是她半工半讀完成大學學業喔。」喬云在一旁補充。

「好啦，不聊了，先帶回去，不然溫副理又要唸了。」傅小雨看起來還有點害羞呢。

都華央對喬云頷首後，跟著傅小雨回到辦公室，簡單地一一走過各個部門，稍微認識了每位主管和同事，但人數實在太多，她根本記不起任何一個名字。

但是觀察女同事的穿著這點餘力還是有的，她真的慶幸自己沒有聽紀牧唯的話穿什麼套裝過來，這裡的女生打扮都像是莫云諳一樣。

總覺得，好像跟不上小雨的腳步。

應該說，跟不上任何人的腳步。我做任何事情都小心翼翼的，深怕自己不夠機靈。

明明畢業到現在也不過幾個月，我居然已經這麼害怕和別人相處了嗎？

忽然能夠理解那些所謂的啃老族是怎麼產生的，待在家裡久了，就會漸漸地不敢外出，久了便習慣了自己的無能，甚至覺得沒什麼不好。

離題了。我真的是太緊張了。

紀牧唯說第一天上班都會像白痴一樣果然是真的。一整個上午，我只有寫人事資料卡還有閱讀員工手冊，當然也看完了上一任留下的交接資料。

除了這些之外，我不知道要做什麼。

只能裝忙，但可能也裝得很爛。

「嘿，妳吃飯了嗎？」

中午時間還不敢擅自離開座位的都華央，原本偷偷摸摸用手機打著第一天上班的心情記事，大約十二點十五分的時候，一直在忙碌的傅小雨才伸了懶腰問她。

「還、還沒呢。」都華央有些心虛，用手蓋住手機。雖然現在是休息時間，但還是下意識地想遮擋，深怕別人覺得她在偷懶。

傅小雨側頭往溫立言的座位看去。「通常新人來的第一天，溫副理都會帶大家一起吃飯，不過今天不巧是主管開會日。所以走吧，我們一起去吃飯。」

「喔，好、好哇！」都華央趕緊拿起一旁的包包。

「妳要帶整個包包出去啊？不會太重嗎？帶個錢包就可以了啦！」傅小雨給了她一個小提袋。

「喔，謝謝。」都華央將手機和錢包放進去，想了一下，再將面紙也放進去。

「妳別緊張，放輕鬆就好。行政助理的工作很雜，但只要上手了以後，也是能找到時間偷懶。這才是第一天，忙起來的時候也是很忙的。」

兩人往外走，都華央注意到樓下的燈已經熄了，有些人趴著休息，有些人在休憩區用餐，有些人則是還在工作。

「云云，妳今天帶便當嗎？」來到櫃檯時，傅小雨詢問。

「沒吔！妳們要去吃飯嗎？」喬云從櫃檯裡抬起頭。

「對呀，一起吧。」傅小雨邀請。

「好啊，等我一下喔。」喬云拿起一張紙到門前貼上。紙上寫著「休息時間，請於一點半後再來訪」的字樣。

「我最喜歡公司的一點就是中午時間不強制櫃檯要有人，這樣我也能盡情休息了。」喬云稱讚著，開始說起她待過那種連上廁所都要分秒必爭的公司，只因為櫃檯不能沒人。

一路上，都華央聽著喬云和傅小雨聊天，她們三人走在人來人往的商業區，路上都是外出用餐的上班族們。

曾經，身為米蟲的都華央欽羨著那些光鮮亮麗的上班族，但是此刻，自己就身在其中。

「對了，我一直想說，華央，妳這雙高跟鞋很好看呢。」傅小雨忽然說。

「是呀，在哪裡買的呢？」喬云也贊同。

為此，她充滿笑容，覺得有了那麼些自信。

Chapter 3

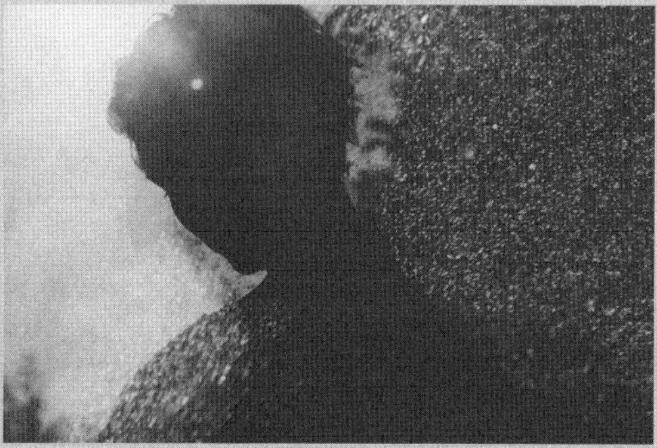

都知道註定傷心的話，
為什麼還會愛上一個人呢？

「華央，把這一份資料加入到今天的日報表中。」溫立言頭也沒抬，直接吩咐工作，都華央連忙從座位上跑到他身邊，接過舉在空中的資料。

今天雖然是禮拜三，卻臨時需要和國外的董事長視訊開會，所以各部門的主管們都緊急準備資料，讓他們也忙碌不已。

行政助理的工作就跟傅小雨說的一樣，很雜，好像什麼都要做，每一樣都很重要，但又好像不太重要。

當然也有閒暇的時候，基本上若將一天分作五等分，扣除午餐一等分，忙碌時間兩等分，奔走於各部門之間一等分，那還剩下的一等分便是無事可做。

「沒事的時候就逛逛網拍、找找團購，或是衝手機等級嘍。」傅小雨開玩笑地這樣建議過，但身為菜鳥新人的都華央怎麼敢。

雖然她曾在送簽呈的時候，看過其他部門的助理偷偷逛網拍，但跟傅小雨打聽過，那些助理們至少都就職一年以上。

一年後，自己也會變得那麼油條嗎？

估計是會的吧，人都有惰性。

腦中一邊思考著不切實際的事情，一面將從溫立言那裡拿來的報表數據製作成樞紐表，確認無誤後再傳到大會議室專用的資料夾中，並CC一份給傅小雨，列印出來放到溫立言桌上。

「這樞紐表是妳弄的？」溫立言一見到都華央整理的文件，有些驚奇。

「是的。」都華央一愣。怎麼了？她做錯了嗎？

溫立言沉思一下，細長的手指滑過表格上的數字，看過一遍之後，說：「嗯，還不錯。」

「謝謝。」她鬆了一口氣。

「將這些先放到大會議室。」溫立言淺淺一笑，不知為什麼，讓都華央的內心有點癢癢的，大概是因為自己製作的表格被誇獎的關係吧。

溫立言，雖說是自己的上司，但是對待他們這些下屬卻沒有架子，有時候還會買下午茶慰勞他們。

他的名字時常讓都華央想到立德、立功、立言這三不朽，也因此對溫立言有種刻板印象，就是他彬彬有禮又飽讀詩書。

來到禹見這段時間，即便都華央很少和別的部門往來交流，但是在傅小雨的茶餘飯後話題之下，她或多或少也對公司其他同事有些許了解。

除了傅小雨外，都華央最喜歡的就是公司櫃檯的喬云了，她看起來親切又溫柔，可是腦子非常聰明，遊走在各部門之間，與大家都保持良好關係。

「我篤信一句話，『君子之交淡如水』，反正跟每個人都很好，但是嘴巴要閉緊。」喬云告訴都華央自己的生存之道，就是裝作什麼都不知道。

「小雨也說過還好她不是總機，不然嘴巴大太。」都華央說完後笑了兩聲。

「真的，她當總機我不敢想像呀！總機的工作最與世無爭，和所有部門都有些關連卻又沒有工作上的牽連，而且也是除了祕書以外離董事長最近的職位之一，所以啦，閉緊嘴巴很重要。」喬云眨眼，手指抵在嘴上比了個噓。

「謹記在心。」都華央也學她比了個噓，然後兩人笑起來。

「對了，溫副理是怎樣的人呀？」都華央小聲問道。

「唉呀！我才剛說要閉緊嘴巴的呢！」喬云笑了幾聲。「溫副理人很好，想必妳也有感覺到吧，算是很為下屬著想的上司了。上一個行政助理要不是為了搬家，估計也不會離職吧？」

「嗯，有感覺他沒什麼上司架子，不過好像有點……漫不經心？」廣告公司算是和時間賽跑，都華央看很多人走路很快，講話也很快、做事也很快、吃飯也很快，感覺什麼都急匆匆的，只有溫立言總是慢條斯理。

「不一樣呀，管理部呀！」喬云揮手。

「也是。」

忽然間，喬云神祕兮兮地上身往前傾，小聲地問道：「對了，華央，妳有男朋友嗎？」

這問題讓她心一跳，感覺到踩著地的腳有些不穩，撐在櫃檯上的手用力穩住身子後，扯了扯嘴角。「沒有哇。」

「是喔！我以為妳有呢！」喬云驚訝。「沒男朋友這件事情別跟別人說唷，最好假裝自己有。」

都華央皺眉。「為什麼？」

「唉唷，杜絕一些不必要的騷擾。」喬云聳聳肩，不再多說些什麼，只說聽她的話準沒錯。

看樣子喬云的確很遵守「閉緊嘴巴」這一條規則，要問出原因，只能到傅小雨那兒了。

所以午休時間，當她和傅小雨到外頭吃飯時，便把這件事情告訴對方。傅小雨點著頭，挾起燙青菜。「云云說得沒錯啊。」

「不必要的騷擾是什麼？」

「別看大家穿得人模人樣，或是工作上表現多麼出色，其實骨子裡都壞透了。妳相信一句話嗎？天下烏鴉一般黑，天下男人一個樣。」

「我沒聽過後面那句。」

「因為那句是我自己加的，哈哈。」傅小雨大笑起來，也不在乎旁邊位子坐了多少男性上班族。

「所以假裝自己死會比較好嘍？」

「有些人也不管妳死不死會，一樣會黏上來。有些愛玩的人會特地挑死會的人，因為這樣省得事後被纏住。」傅小雨聳聳肩。

都華央皺起眉頭，想起前男友。「大家對感情都不忠貞嗎？」

「不能以偏概全，只是說大多數的男人都是這樣。」傅小雨挾起水餃，嚼了幾口後吞下再塞第二顆。「妳才剛出社會，接觸的人也許不多，再久一點妳就會發現這個真諦了。」

「什麼真諦？」

傅小雨神祕一笑。「要了解一個男人，不要做他的情人，而要當他的朋友。」

「但我覺得我很了解我男朋友。」都華央立刻反駁。

「妳有男朋友？」傅小雨挑眉。

「嗯……曾經的男朋友。」都華央說。

「是喔。」傅小雨再次挾起水餃一口塞下，咬了幾下。「女人總是覺得自己很了解自己的男朋友。我也曾經這樣想過，覺得我的男朋友和其他男生都不一樣，因為我身邊的男性朋友一邊很愛他們的女友，卻又一邊和其他女人搞曖昧。我問過他們為什麼要這樣，其中一個男生居然回我：『沒辦法啊，吃飯吃久了，總是想要吃麵嘛！』妳看看，這多賤。」

都華央歪頭回想。喔……大學時代也曾聽過同系的男孩說過類似的話，一面在臉書狂放閃，一面又和其他學妹曖昧，說自己和女友處不好。

「妳仔細想想嘛！怎麼可能我們周邊的男生朋友都這麼爛，但我們的男朋友卻不一樣呢？其實都是自我催眠，因為我們是他們的情人，所以真相被隱瞞了。如果今天我們是他們的朋友，就會發現他們其實都一樣。」傅小雨像是看開了，一口氣將水餃全數吃光。

綠色大門倏地聳立在都華央眼前。

是啊，這麼說也對。

如果前男友不一樣，就不會做出那樣的事情了。

抓姦在床之前，前男友和她的好友的關係，誰知道多久了呢？

他們是否也曾經在自己在場時，偷偷牽著彼此的手呢？

或許真如傅小雨說的，天下男人都一樣。

天下烏鴉一般黑，天下男人都一樣。

這是真的嗎？

有沒有可能只是因為我們都沒遇到好的，所以才催眠自己「都一樣」。

這樣遇不到好男人的我們，才不會顯得那麼可悲。

一定也是有童話般的愛情吧，只是，只是我們剛好都遇不到。

但是，當他的朋友，或許才能真正地了解他。

妳想當對方的情人還是朋友？

想了解他還是被蒙在幸福的假象之中，等到某天發現真相時措手不及？

以前明明相信真愛，相信一輩子不離不棄，相信牽了一雙手便不會放手。

當然現在也相信，不過多了懷疑。

這是好還是不好？

這就是所謂的成長吧。

按下儲存，都華央把備忘錄往上拉，不知不覺間已經存了好多心情日誌。

她看著「天下男人都一樣」這幾個字，想起了一個人。不是前男友，而是他。

國中時期，她曾經花了好多時間看著他。有時他在幫老師跑腿，有時和朋友在一起打球，有時他會待在陽台上曬太陽，有時是朝會時出現在講台上，向全校公布自治會的新決定。

更多時候，他會趴在座位上睡覺。

單定一該是很受歡迎才對呀，他身高既高，成績也不錯，五官更是端正。是髮型的關係嗎？還是他時常下課會趴在座位上睡覺呢？

都華央每次經過他們班時，都會下意識地看著單定一的座位，只要見到他趴在那裡睡覺，她便會偷偷微笑。

她和單定一，一直不算有過交集。

只是她偷偷看著他，他大概不知道吧？

某個午後，她知道那堂單定一班上是體育課，可是當她幫老師回辦公室拿東西時，經過單定一的教室，習慣性地往裡頭一瞧，只見到空無一人的教室之中，單定一還趴在座位上睡覺。

頓時間她慌了，腦中各種看過的漫畫劇情浮現——難道是被班上同學欺負，才沒被叫醒嗎？還是他身體不舒服？或是說在座位上暴斃了？

總之，都華央還沒想清楚前，身體已經率先做出反應，推開後門，踏入不屬於自己的教室。

「那個……」她發出輕微聲音，但是趴在座位上睡覺的單定一一動也不動。

於是都華央來到他身邊，伸出手，先是猶豫了一下，才碰觸單定一。

單定一睡得很熟，她再次搖了一下他的肩膀。「那個……單定一。」

她叫了他的名字，這次，單定一張開眼睛。

他見到都華央時一愣，從座位上彈起來左右張望，確認是自己的教室後才疑惑地看著她。可是下一秒，他馬上發現已經上課了。

「那群王八蛋居然沒叫我起來！」單定一一開口就這麼說。

都華央一笑，光是這句話就明白剛才是自己想多了。

「妳是進來叫我的嗎？」單定一在跑出教室前，回頭看了都華央一眼。

「對，我不是故意要進來……」都華央趕緊出了教室，畢竟跑到別人的班級是件很失禮的事情。

「謝謝妳啦！」單定一摸了下極短的頭髮，對她露出一個微笑。「都華央。」

那瞬間，她的心臟彷彿被重擊一般。

他們的制服並沒有繡上名字，所以單定一怎麼會知道她的名字？

「不、不會。」都華央些微低了頭。「你怎麼、怎麼知道我的名字？」

「欸……」單定一看起來有些靦腆。「那妳知道我的名字嗎？」

「單定一……」

「哈哈。」他笑了聲，然後往樓梯間跑去，只聽得見他的腳步聲迴盪在梯間。

都華央覺得心跳飛快，忍住想尖叫歡呼的衝動，帶著通紅的臉回到教室。

「華央，妳在想什麼？」忽然，溫立言的聲音出現在桌邊，都華央嚇了好大一跳，整個人抖了一下。

「抱歉、抱歉，沒想到嚇到妳了。」溫立言對她過於激動的反應感到好笑。「但因為我傳了訊息卻沒有收到回應，反正我正好要去樓下，所以直接來……真不好意思。」

「不、不會，是我發呆了，抱歉。」都華央趕緊起身，只差沒鞠躬。

溫立言看見她如此較真的反應，忍不住再次微笑。「我只是要說，之前那份樞紐表做得很好，有空教小雨做做，不然她的報表實在很難懂。」

「吼，副理，我是亂中有序吔！」傳小雨在一旁怪叫抗議。

「好、好，我知道，別忘了明天下午要開部門會議。」溫立言擺擺手，離開了辦公室。

「小雨，妳也需要做樞紐表嗎？」都華央好笑地問。

「我才不需要呢！」傅小雨哼了聲。

都華央邊笑邊打開了右下角的訊息，來自溫立言方才一模一樣的叮嚀。而她稍微觀察了一下溫立言的大頭貼，居然是滿開的櫻花。

一個男人用櫻花的照片，不免讓都華央笑了下，怎麼這麼可愛？

就像當時單定一的笑容一樣，讓她覺得心中一陣騷動。

提著晚餐回到租屋處時，是晚上七點左右。正巧她在開門時，電梯門也開啟，是許久未見的莫云諳。

「啊，好久不見。」都華央率先打招呼。莫云諳一見到她也揮了揮手。

「看來妳現在很習慣穿高跟鞋嘍。」莫云諳讚賞地看著都華央腳上那雙新鞋，同時都華央也注意到，莫云諳的腳上也是雙嶄新的高跟鞋。

「是呀，我能理解妳說的好鞋子那句話了。」都華央瞧見她手上也提著晚餐袋子。

「妳也還沒吃嗎？不介意的話要不要一起？」

「啊，當然好，妳房間方便嗎？」莫云諳也很爽快。

「沒問題，請進吧。」

都華央自從決定重新開始後，每天都會簡單打掃房間，所以隨時有人來訪也不害怕。雖然也沒人來訪就是了……就連紀牧唯都很少過來。

「我們兩間格局差不多呢，妳房租多少呀？」沒想到莫云諳一進來便這麼問，讓都華央和她相視大笑。

一邊用餐，都華央還拿出了自己珍藏的水果酒。原本打算週末追劇時搭配的，但有人一起享用更好。

「上班還順利嗎？」莫云諳問。

「還不錯，我很喜歡那裡的環境還有同事。」腦中浮現了傅小雨、喬云……還有溫立言。

莫云諳會認識溫立言嗎？

她是公關部門，而他是管理部門，就算廣告公司間彼此大約知曉好了，但因為部門的差異，莫云諳大概也不認得吧？

所以都華央並沒有問，只是黃湯下肚後，她對莫云諳說起了傅小雨的理論，關於那句「天下男人都一樣」。

莫云諳靜靜聽著，並沒有急著下結論，輕柔地問：「那妳覺得呢？」

「我？」都華央又喝了一口酒。

「妳認為是那樣嗎？天下男人一般黑？」

都華央笑了，先是點頭，而後又搖頭。

「其實我也搞不清楚，如果說天下男人都一樣的話，那我們為什麼要戀愛？都知道註定傷心的話，為什麼還會愛上下一個人呢？」

莫云諳也喝了口酒。「應該要說，當男人不愛妳的時候，都一樣。」

「不愛……」

「當他不愛妳，什麼事情都做得出來，但是他不見得會跟妳分手，不見得會離開妳，只是他不愛妳了，所以他可以……可以不斷地傷害妳。」莫云諳說完，一口喝完水果酒。「妳還有嗎？」

「有呀！好在妳就住在隔壁，不擔心喝醉。」都華央又從冰箱拿了兩罐水果酒出來。「剛才的理論也很新鮮，我好喜歡妳的說法，可是聽了有點難過呢。」

「怎麼說難過呢？」

「如果不愛我的話，為什麼不分手呢？」

「因為……有時候沒有原因，有時候是太多原因……」莫云諳流露出了一絲傷感。「但這樣的體悟，也是到了我這個年紀才有的。」

「哦？不然以前的妳會怎麼想呢？」

「大學時期的我大概會覺得，遇到爛男人表示自己眼光有問題，物以類聚，怎樣的人就會吸引到怎樣的人。」莫云諳拉開了酒罐的拉環，不禁失笑，覺得年輕的自己太過極端。「但是我現在不會這麼覺得了。」

「如果說真的是物以類聚的話，那是不是代表男人會劈腿，自己也有問題呢？」都華央忍不住有些沮喪，難道當年前男友會劈腿，也是自己招惹來的嗎？是不是自己也做錯了什麼，才會惹來這樣的下場呢？

「一段感情發生問題，一定兩方都有責任，只是先發生變化的人總是背負罪惡。」莫云諳說完，搖搖頭。「但或許這也是我的自圓其說。」

或許，莫云諳也曾經經歷過很辛苦的戀愛吧？但都華央總覺得不能深問，即便問了，她應該也不會說。

就像自己，要是莫云諳問起她過往的戀愛，她也無法說出前男友的事情。

那天晚上，她們兩人喝著酒、聊著天，雖是討論感情，卻都沒觸碰到兩人最深刻的那一處。

這樣也好，保持著一點點距離，才能夠當朋友。

傅小雨一早就很開心，都華央以為是禮拜五的關係，但是她搖著手指地笑著說：「不，今天溫副理請假，人間天堂。」

「他怎麼了嗎？不舒服？」

「沒有，應該是臨時有事情。」傅小雨歡呼。「而且溫副理很少請假，所以實在是太令人愉快啦！」

「吼，就算妳們沒大人，但別部門的主管也都還在，小心太混被告狀喔！」喬云在一旁警告。

「哦，這是你們部門的新人？」自動門一開便傳來一陣濃郁的香味，讓都華央皺皺鼻子，差點打了個噴嚏。

「是啊，溫副理帶去各部門介紹時你沒看到？」傅小雨回應對方。

都華央趕緊站直身體，禮貌地微笑著和對方點個頭。

「那天宿醉請假。真是可惜啊，叫什麼名字？」眼前看起來很花俏的男人穿著花色短褲與粉紅色V領上衣，衣服上掛著太陽眼鏡，外搭一件西裝外套。

在進來廣告公司以前，都華央絕對想不到現實中真有人會這樣穿搭。她以為電視、電影上的演藝人員才會出現這種鮮豔顏色與過於流行的裝扮。

「我叫都華央。」

「我是郡凱，企劃部創意組的。」對方露出爽朗的微笑，拿起自己胸前的識別證給她看名字。「妳來多久了啊？」

「快一個月了。」

「喔喔，那都習慣吧？」

「習慣。」

「好了啦，我們家的人你問這麼多做什麼，快進去了！」傅小雨插話。

「關心一下啊，同公司呢。」郡凱大笑，有些輕浮地對都華央眨眨眼，就進到辦公室。

「小心他一點啊，人是不壞，但就是太纏人了些，對不對？云云。」

喬云聳聳肩，不做任何回應，不過微笑代表一切。

經過企劃部時，郡凱正吃著早餐，抬頭對都華央招手。都華央有些尷尬地點頭微笑，爬上樓梯。

「看起來是好人。」在樓梯上，都華央往下看，郡凱也對其他女同事一樣地打招呼。

「我倒覺得郡凱看起來很會玩。」傅小雨竊笑。「所以才叫妳要假裝有男友，以防被奇怪的人纏上。」

「但感覺公司的人都滿好的，會亂來嗎？」都華央又問。傅小雨倒是亮了眼睛，開始說起海外部的同事和企劃部同事的愛恨糾葛，以及業務部主管的小三之前還來公司鬧過等等八卦，聽了著實精采。

看來無論是學校還是辦公室，唯一不變的就是茶餘飯後的話題，只是出社會後的八卦，更加光怪陸離。

今天聽到公司小八卦，覺得好像在看連續劇一樣令人震驚。學生時代不敢相信，以為只會出現在電視或小說中的劇情，如今卻出現在生活周遭。

「現實往往比小說離奇！」

以前聽過這句話，沒想到是真的。

今天家裡沒有大人，所以聽小雨說了一大堆八卦，可是——

可是可是可是！

不知道為什麼，我覺得有點無聊。

大概是當我回頭看向窗邊的座位時，總是空空的關係吧。

為什麼我會覺得溫立言不在的日子，有點無聊呢？

難道我是屬於要主管在才有辦法專心工作的人嗎？

⋯⋯

都華央領到了人生中第一份薪水。

沒有打工過的她，除了學生時代由父母匯到戶頭的生活費外，幾乎沒有靠自己的力量賺過任何一分錢。

所以當她看著新開的帳戶中出現「禹見廣告公司薪資」時，嘴角勾起的笑容久久無法垂下。雖然薪水沒有三開頭，但紀牧唯說已經比他們公司的助理還要高了。

都華央匯了五千給媽媽當作吃紅，可隔天媽媽又匯回來，說也要讓她吃紅。

「從今以後就要自己負責人生了啊，好好加油。」媽媽放手讓她飛的果斷讓都華央很驚奇。

所以，她買了人生第一本記帳簿，將薪水全部領出來攤開在床上，仔細分類。從房租、水電、瓦斯、網路、手機等費用，以及伙食費、交通費、交際費，還有是不是應該買小額的儲蓄險呢？

大概算下來後，一個月還有將近五千盈餘，第一次這樣計算才發現，在台北生活還真是不容易，光是租金就有得受了。

將不同用途的錢放入不同信封袋，都華央滿意地算著自己的生活費，忽然笑了起來，在床上打滾。

手機鈴聲響起，來電的是紀牧唯。

「女人，妳們是五號領薪水還是十號？」劈頭就是問到薪水。

「五號，妳咧？」

「我們十號！所以我快餓死了，領到第一筆薪水請我吃飯天經地義吧？」

「當然沒問題啦。」都華央一口答應。「不過先說好，太高檔的 Pass 喔。」

「安啦，一個人一千ＯＫ吧？」

「超級不ＯＫ，妳領第一份薪水只請我吃麥當勞吔！」

「哈哈哈，好啦，吃什麼都好，快點出門就行，我快餓死了。」

約定好時間地點後，都華央開始化妝。這也是轉變之一，大學時代雖也會化妝，卻是誇張到不行的妝容，全黑的眼睛和過白的粉底，彷彿隨時要開趴一樣。現在更注重妝感的細緻，並以淡妝為主。

穿上緊身長褲和一件圓點薄紗上衣後，都華央踩著尖頭平底鞋出門。其間她接到一個英文姓名傳來的臉書訊息，從螢幕上方的橫條只能看見一段「**哈囉，好久不見，聽說……**」的文字，感覺很像是廣告訊息，因此她並沒有立刻點開來看。

抵達目的地後，紀牧唯已經抽了三根菸，摸著自己的肚子皺著眉頭，像是看到救星一樣朝都華央奔來。

「救世主啊，快點，我快要餓死了。」

「妳也太誇張了吧，怎麼不先吃點東西？」都華央瞧紀牧唯的臉色，還真的不太好。

「我沒錢啊，還有五天才發薪水，這幾天都靠泡麵，但我已經受夠泡麵了，我甚至感覺得到防腐劑的味道。」

「怎麼可能！」都華央翻白眼。「窮到被鬼抓的沒錢？」

「窮到吃土的沒錢。」紀牧唯拉著都華央的手。「走，我們去吃吃到飽的麻辣鍋啦，我坐在這邊等妳的時候好像在受虐一樣，那麻辣鍋的香氣撲鼻而來，是要逼死誰！」

「妳真的半毛都沒有？錢花到哪去了啊？」畢竟紀牧唯的薪水比都華央高上不少，且不需要孝敬父母，也沒有學貸。

「買衣服、化妝品啊，加上我又喜歡限量的東西，所以……」紀牧唯傻笑了一下。「我大概有三分之二的薪水都花在治裝費上，剩下的才拿來付房租、水電費那些有的沒的。」

「妳應該要好好規劃呀，像是生活必需的開銷先留下來，剩下的才能當娛樂費用，像是……」都華央開始嘮叨，紀牧唯卻只是擺擺手。

「對我來說，必需開銷就是治裝費。女人要有行頭，人家才會覺得好看啊！這是一種氣場！」紀牧唯一副她不懂的表情，搖搖頭。「把自已打扮得漂亮，心情才會好，不然每天被工作這樣磨，很快就老化了，這樣怎麼遇到好男人呀！」

「又知道怎樣的男人是好男人嘍？」都華央笑了聲。

「看見就知道啦！西裝筆挺，眼睛深邃，聲音迷人，有房有車，對我很溫柔，每天都會說好愛我的那種。」紀牧唯兩手交疊放在臉頰邊，一臉陶醉。

「妳那是什麼言情小說的人物吧！」

「還是總裁系列的喔。」

兩個女人對視，大笑起來。

「你們公司有什麼好男人嗎？分享一下。」

雖是秋天，但麻辣鍋的人潮還是很多。

「沒什麼特別的吧，沒注意。」都華央聳聳肩，腦中想起了溫立言。

「怎麼可能沒有！」

「那妳公司呢？」

紀牧唯正色。「我公司還真的沒有。」

「妳看吧！」

「不一樣啦！妳是廣告公司，我是設計公司，這兩者不一樣。」

都華央完全不懂不一樣的點在哪裡。

「不然我換個方式說好了，有沒有什麼是妳比較在意的？」

「呃……」

「妳想到誰了？」相當敏銳的紀牧唯注意到都華央一閃而過的表情變化。

「沒有啦！」那也不是什麼大事情。

「快說，想到誰了？」紀牧唯不死心。

「就沒什麼啊，跟好男人完全沒關係啦。」

「既然沒什麼那就說呀～～」

拗不過她，都華央咬著下唇，小聲說道：「副理啦。」

「副理？妳的上司嗎？」紀牧唯的臉色瞬間變得無趣。

「對啊，就跟妳說沒什麼。」

不過她依然打破砂鍋問到底。「幾歲啊？長怎樣？有FB照片嗎？」

「我怎麼可能加他FB？」都華央沒好氣。「大概是三十出頭，不過也可能有三十五吧。」

「那不就比我們大上十幾歲，不行，太老了。」

「妳是在不行什麼啊，我什麼都沒講呢！」

「那妳幹嘛想到他啊？」

「就說只是突然想到，我不跟妳說了啦！」覺得越解釋越累，正巧服務人員也過來通知她們有位子，並說明用餐時間是一個半小時。為此紀牧唯嘮叨了一下，覺得時間太短。

「好像在給鴨吃飯，硬塞。」看著桌面上滿滿的食材，紀牧唯滿意地微笑。

「比喻得真好。」都華央大笑起來。

兩個人大快朵頤，尤其是紀牧唯像餓了好幾天一樣，煮了一大堆螃蟹跟肉片，整鍋湯浮著一層油，都華央一邊吃還要一邊撈油放到另一個碗中。

她拿了許多青菜回來，但紀牧唯說要吃肉和海鮮才划算，所以那些青菜最後全下了她的肚子，讓她沒吃什麼肉就已經飽了，只好最後多吃一些冰淇淋回本。

結帳時，都華央掏出鈔票，心很疼。以前滷肉飯一碗五十就覺得貴得要命了，沒想到今天吃的一人單價後面還要多加一個零。

「謝謝妳啦，親愛的，下次我回請。」紀牧唯吃得小腹都鼓起來。「啊啊，好想逛街啊……」

「妳不是沒錢？」都華央瞪了她一眼警告。

「我知道啦，我有自知之明，所以我會忍住，等發薪日再來。」紀牧唯擺擺手，卻別有用意地看著都華央。「看看不違法吧？」

「看了就會想買，何必呢？」

「妳可以買啊，我可以看啊，等發薪日那天我再來買就可以啦。」紀牧唯嚷嚷著。「況且上次也沒怎麼陪妳買到衣服，這次就當作補償。」

「什麼補償呀，又不是幫我結帳。」而且這個月的每筆開銷都算好了，還要存一些錢呢。

但紀牧唯拉著她的手一邊搖晃一邊「好嘛好嘛」地喊，不知不覺又被她拉到購物小巷。

「妳看這一件，是不是很可愛！」紀牧唯站在小店的櫥窗前，指著裡頭的素面洋裝。「前方有一個小蝴蝶結，畫龍點睛呀。」

「……」都華央原想以沉默當抗議，看看紀牧唯會不會知趣地跟著自己離開這萬惡之處。

但她實在太小看這地方了，當她靠近櫥窗想叫紀牧唯離開時，不小心瞄到了那件可愛的素面洋裝，等她回過神的時候，已經在店裡的鏡子前試穿完畢了。

「天啊，超適合妳的！多少錢？」紀牧唯從都華央的肩後拉出吊牌。「嗯，還好啦，還可以接受。」
「多少？」看紀牧唯那種表情，都華央覺得不太對勁。
「這件打完折後是一八九〇，妳想要的話，我可以算便宜點喔。」服務人員親切微笑，都華央則瞪大了眼睛。
「我、我覺得穿這件看起來太胖了，考慮一下。」都華央趁服務人員還來不及灌迷湯前，立刻回到更衣室裡脫掉。
可是這件真的好好看，觸感也很棒，穿在身上剪裁合身，腿看起來很修長，一切的一切都是這麼美好。
但是那個價錢還真是瞬間將人拉回現實。
「妳真的不考慮嗎？這一件妳穿真的很好看呢！」出來後，服務人員依然不死心，繼續鼓吹這件衣服多棒多棒。
都華央強忍著說不用，連看都不看，因為她真的也很喜歡，好怕再多待幾秒就失心瘋了。
她拉著紀牧唯就要離開，沒想到這個女人卻說：「不買很可惜欸，要不是我還沒領薪水，我就帶了。」

喔！別再誘惑我了！都華央咋舌。

「而且呀，妳不想穿這件到公司給那個副理看看嗎？」紀牧唯偷偷在耳邊曖昧地說。

「神經病，給他看幹嘛?!」怎麼會扯到溫立言啊！

「唉唷，難得這麼久以後妳又提到一個男生呀，雖然年紀有點差距啦，但我還是覺得這樣很好。」紀牧唯的笑容有點討厭。

都華央的手不自覺摸過服務人員手上的白色洋裝。那滑順的質料，怎麼摸怎麼順手。

「這剩最後一件喔！」然後服務人員講出了一半女人都沒辦法抵抗的金句。

最後離開時，都華央的手上多了一包喜歡的衣服。

「是誰說不買衣服的啊？」紀牧唯勾著壞心的笑容。

「哼！」都華央別過頭。

「妳腳上那雙鞋也很好看，是以前不會穿的類型。」紀牧唯眼尖得很。

「為什麼沒辦法穿得跟大學時一樣呢？」都華央忍不住說。

「因為我們都不是大學生了。」紀牧唯淡淡地說。

她們，都不再是學生了。

「我們再去看看化妝品，妳也該從廉價的開架式轉換成專櫃品牌了。」紀牧唯慫恿。

「專櫃的買不起啦！」這可就不能退讓了，一買下去還得了，這個月都還沒過一半就得喝西北風。

「那好歹我們也去看看比較有名的開架式吧？」紀牧唯退而求其次。

唉，看來開銷上，真的要多一個治裝費。

Chapter 4

她那悲劇的愛情，
在別人眼中是荒唐的鬧劇。

都華央回家後才點開那封像是廣告信件的訊息，卻發現大頭照片意外眼熟。

哈囉，好久不見，聽說妳大學到台北去念書啦。我是王恩惠啦，妳應該還記得我吧，國中時我們常常上課聊天被老師罰站，真是懷念啊。

臉書實在太方便了，亂連亂連地就找到妳了，時機真是剛剛好。

今年是我們國中創辦五十年的日子，因為是鄉下地方，所以校長很開心，要辦一場流水席，既然如此，我就想順便召開同學會嘍。

時間訂在下禮拜六，如果妳時間上方便的話，看要不要回來一趟敘敘舊，我也有發送交友邀請喔，再回應我吧，謝嘍～～

沒想到會接到這樣的訊息，她立刻接受交友邀請，並且回信給王恩惠，告訴她自己會回去參加。

國中畢業時，大家說好要保持聯絡，但高中後忙於課業，一開始大家還會偶爾聚會，漸漸地生活重心轉向高中，便逐漸疏遠了。高中亦然，就連大學也是，所謂的畢業，有時候真的就是斷了聯繫。

原來人與人之間的連結，是這麼脆弱。

但是，好在有臉書，這還真是一個方便的東西，再久遠以前的朋友都可以慢慢找回來；就算沒有聯絡，也會發現自己現在的朋友可能和很久以前曾經認識的人有關係。

都華央看過一個理論，叫做六度分隔，意思是說當你想找一個人的時候，最多只需要透過五個人，便能找到自己要找的那個人。

當然理論的詳細說法，都華央已經忘了，但這個論點深深刻在她腦中，如今王恩惠的出現，更讓她相信了這個理論。

她在行事曆下禮拜六的位置貼了花朵貼紙，並寫上「國中同學會」。稍微回想一下國中時期，他們學校雖然比不上人口密集區的學校有好幾千人，但一個年級也有七個班。

如今，國中的記憶幾乎趨於模糊，都華央有點擔心到時見了面會叫不出其他人的名字，決定下禮拜五回家要再翻一次國中畢業紀念冊。

不過，她卻記得單定一，但是他應該不會去吧。

那個記憶中的男孩，如今不曉得變成什麼樣子了。

直到最後，她和單定一都不算真正地認識，就連對話也僅有那一次。

懷念的時光過去，她將今天買的衣服吊牌剪斷，拿去泡冷洗精，並把一雙有跟牛津鞋放至鞋櫃。左思右想後，又扼腕地懷念起最後沒下手的高跟鞋。

她在現金支出本記下今天的開銷，並在下個月的地方打個星星寫著：「要買高跟鞋」。

綠色大門再一次出現在都華央眼前，為此她有些慌張。

為什麼又會夢到呢？明明一整天都沒什麼異狀啊……

啊，她想到了。

一定是因為紀牧唯的話，她說自己終於提到另一個男人了。

所以她才又會站在這扇門前。

討厭！

門後的嬉笑聲依舊，都華央又要再一次經歷那背叛與傷痛。

她搖頭，想逼自己退後，逼自己清醒。

可是，夢中的她就跟當時一樣，不能控制自己的身體，拿了鑰匙，轉開，壓下門把。

映入眼簾的依舊是前男友滿不在乎的表情，還有哭得像是被害人的好友。

只是這一次，都華央的反應跟當時不一樣。

她大哭、大叫地吼著，摔爛了屋內所有東西，拉著棉被要好友起來，前男友阻止自己，周圍圍觀的人越來越多。

但大家都只是在看好戲，掛著笑容，毫無憐憫。

她那悲劇般的愛情，在別人眼中是荒唐的鬧劇。

都華央在手機鬧鐘響起前張開眼睛，外頭的陽光從窗簾透進來。

身體很沉重，過去的傷害像是鬼魅一般纏著自己不放。

要說釋懷了絕對不可能，但其實已經沒有那時候痛了。

她該放開了才是，夢境卻老是在提醒她這段過去。

起身，覺得有睡像是沒睡一樣。反正時間還早，她決定先去沖澡，讓自己一大早沉醉在沐浴精的香味中。

換上了之前買的新衣服，並妝點好自己後，看著鏡中的臉，告訴自己要加油，踩著新鞋出門。

雖然只是小小的行政助理，但我還是會努力。

畢竟工作就是一種忙碌、一種前進。

有人說行政助理是容易被取代、不重要的角色。

容易被取代這一點因人而異，這確實是每個人都可以做的工作，但是工作做得好和做得不好，之間的差異是很大的。

況且，如果行政助理不重要的話，那又為什麼每間公司都需要呢？

我想我是幸運的吧，我會相信自己是幸運的。

所以你們該走了，快滾吧，離開我的腦袋。

以前的感情、以前的人，都不需要。

我已經走向新生活了。

打完這樣此地無銀三百兩的心情，都華央進公司，跟喬云問聲早。

「呀，妳那雙鞋子新買的對不對？」喬云盯著她腳上的鞋。

「妳怎麼知道？」難不成是鞋子閃閃發光嗎？

「我才在雜誌上看到的呀！」喬云從櫃子拿出一本當月的雜誌。昨天紀牧唯也有提到這一本，看樣子在看流行雜誌的女孩真不少。

而喬云的雜誌側邊居然還有註記貼，翻開其中一頁，穿著春裝的麻豆笑得開懷，腳上的牛津鞋和自己的很相像。

「一樣的嗎？」

「當然一樣。」喬云指著她的腳。「妳買多少錢啊？」

「一千多……」都華央講得很小聲，她還是第一次買要價上千的鞋子。

「那很便宜啊！」喬云瞪大眼睛。都華央也是，理由卻不一樣。

「一千多很便宜？」

「對呀，妳看雜誌上面寫要兩千八呢，妳賺到了！」喬云好生羨慕。

都華央翻著那本雜誌。這幾頁的單元主打牛津鞋，看著麻豆腳上的鞋子，都華央覺得都很像，卻又有點不同。

「牛津鞋那麼多，妳居然能一眼看出來。」她咕噥著。像她就分不出來。

「很明顯地不同啊！」喬云皺眉，往都華央的後頭看去。「早安，溫副理。」

都華央立刻覺得心臟縮了下，回過頭。「溫副理早。」

「早啊，怎麼還不進去？」溫立言掛著一貫的微笑。

「喔，要進去了。」都華央說，手裡還拿著雜誌。

「借妳看吧！」喬云小聲在她身邊說，對她眨了眨眼睛。

沒看過流行雜誌的都華央有些猶豫，但想到紀牧唯也看、喬云也看，而且她們兩個也都很會穿搭打扮，所以她點點頭，露出笑容將雜誌拿在手上。

「上禮拜五有什麼事情嗎？」和溫立言走往辦公室的路上，他開口詢問請假那天的公司狀況。

「沒有。」都華央說。總不能把傅小雨看了一整天的網購事情告訴他吧？

「傅小雨買了幾樣東西？」

「咦？我講出來了嗎？」都華央大驚。

溫立言笑了，很真心的那種笑。

這個瞬間，都華央微愣，然後不自覺也笑了起來。

「傅小雨在這邊做事很久了，大概都摸透她的模式了，妳可不要學她。」溫立言以手背遮著嘴角。

「不過她工作都有完成。」至少緊急的工作都做完了。

「那是當然。」溫立言坐到位子上，指了都華央腳上的鞋子。「很好看。」

都華央一時半刻沒有反應過來，這模樣又惹得溫立言笑了。「我說鞋子。」

「鞋子？喔，謝謝。」都華央滑稽地笑了幾聲，忽然覺得溫立言的注視讓她有些緊張，趕緊拉開自己的椅子入座，打開電腦。

心裡的感覺有點奇怪，後來傅小雨進辦公室時，都華央趁著和她問早的時候，看了眼斜後方的溫立言。對方正聚精會神地盯著電腦螢幕。

不知道他在看些什麼，眉頭都皺成一團了……那模樣跟他總是慢條斯理的形象不搭。

「妳在笑什麼啊？」忽然，傅小雨的臉闖入她的視線中。

「我有在笑嗎？」都華央一愣。

「在笑啊，妳在看什麼呢？」傅小雨轉過頭，看著她剛剛的視線方向。

「啊，我知道了！」

都華央趕緊慌張解釋。「我不是在看溫副理！」

「別不承認，那確實很好笑。」沒想到傅小雨的回應讓都華央不解。「溫副理的領子翻起來了對吧？」

都華央一看，還真的咧。「對呀。」

「一絲不苟的溫副理領子居然掀起來，快笑他一下。」傅小雨竊笑，對著溫立言揮手。「副理～～你的領子掀起來嘍，這是故意賣萌嗎？」

溫立言立刻摸上自己後方領子，有些惱怒地看著傅小雨。這舉動讓都華央覺得可愛，不自覺地笑了出來，而且是大笑。

一開始，傅小雨也跟著笑，但都華央笑得實在太過分了，溫立言一臉尷尬。傅小雨用手頂著都華央。「有這麼好笑嗎？」

都華央自覺失態，忍著笑意拿起茶杯說要裝水，邊偷笑邊往樓下咖啡廳走去。

在裝水的時候，她已經止住笑聲，只剩嘴角輕勾的笑意。

仔細想想，也沒那麼好笑啊，為什麼剛剛會那麼失控？

她在窗台邊喝著水，拿出手機打開備忘錄。

那個瞬間我覺得他好可愛。明明是三十出頭的男人了，我居然還會覺得他可愛，這是怎麼回事？

怎麼會，這麼地，可愛呢？

「剛剛笑得很開心啊！」溫立言的聲音忽然出現在後方，嚇得她轉過身，手肘不小心撞上一旁的圓桌。

圓桌上的花瓶左右搖晃了一圈而墜落，都華央嚇得要接住，但一手杯子一手手機的下場就是手機掉了，馬克杯打破了，花瓶也沒接到。

卻有一雙手及時接住花瓶。

溫立言臉上有些驚嚇，拿起花瓶放回桌面。「千鈞一髮。」

「對不起！」都華央連忙道歉，注意到他的褲子被打翻的花瓶裡的水噴濺了，她更是彎腰鞠躬，慌慌張張地跑到吧檯抽了好幾張衛生紙。

「沒關係，被水潑到而已，妳的杯子都破了，手機也……」溫立言彎腰拾起她的手機，恰巧瞄到螢幕頁面停留在備忘錄上。

「真的很抱歉，我不是故意的。」絲毫沒發現的都華央拿著一疊衛生紙，匆匆忙忙回來，赫然發現溫立言正看著自己的手機。「天呀，我的手機螢幕……不會是破了吧?!」

她湊到溫立言身邊，卻發現螢幕停在剛剛的心情記事上，她嚇得哇了聲，立刻搶回手機。

溫立言的表情彷彿在思考。都華央戰戰兢兢地將手機藏在身後，希望他剛才什麼也沒看見。

「在手機裡好嗎？」溫立言忽然說出讓她不明所以的話。

「什麼？」

他指了指手機。「妳把心情日誌都寫在手機裡頭吧？這樣如果手機不見，那不是都不見了嗎？」溫立言聳肩。「也許是我老古板吧，感覺還是要寫在紙本上比較安心。」

都華央疑惑。難道他沒看見剛剛的內容嗎？但是如果沒看到的話，就不會說是心情日記了呀？或是說，這是他的體貼，裝作沒看到，甚至不知道她是在說他。

但不管怎樣，總之得救了。

「這樣比較方便呀，隨手就能寫。」都華央鬆一口氣。

「但如果手機哪天神經不對了，資料全部消失，豈不欲哭無淚？」

「不會發生這樣的事情啦！」

「現代人對科技都很放心呢。」

講得溫立言自己好像不是現代人一樣，明明兩個人也沒差多少歲呀。

嗯，或許七、八歲有吧。

但也還好吧？

溫立言從一旁存放掃除用具的櫃子拿出掃把。「啊，副理，我來就好了！」

「妳先去把衣服上的水漬吹乾吧。」溫立言將領帶放到襯衫左邊口袋內，掃起地上的馬克杯碎片。

都華央看了一下胸前，才發現自己的衣服原來也弄濕了，但是讓上司拖地也太不妥了，她還是說：「那副理，這讓我來弄就好了，畢竟是我弄倒的。」

「妳也是被我嚇到，所以這邊我來，妳快去弄一弄吧。」溫立言揮揮手。

既然如此，都華央也不再推脫，謝過溫立言就要離開。

「對了。」步出咖啡廳的瞬間，溫立言開口。她轉過身，只看見溫立言雙手擱在掃把上，下巴則抵在手背上，說：「三十幾歲的男人被說可愛還真是有點高興不起來，也許說有男人味會比較好？」

都華央目瞪口呆。

溫立言掛上微笑。「只是給妳建議。」

是惡作劇的那種微笑。

———

那一整天，都華央都不敢正眼看溫立言。

這樣的舉動在溫立言眼中看起來似乎很有趣，每當都華央交簽呈或是報表給他時，就會故意多跟她聊上兩句，逼她看向自己。等都華央幾乎要紅起臉的時候，便露出打趣的笑容。

都華央才知道，原來溫立言還有這種惡作劇的心思。

下班時的捷運上，人潮依舊眾多，都華央在手機裡頭輸入今日心情。

男人味？這種話如果是一般看小說讀到，都會出戲地想說：什麼鬼？

可是今天實際聽到，卻覺得～～怎麼說呢，一種怪怪的感覺。

不過說可愛也是褒獎呀，而且

捷運忽然一個急煞，車廂裡的人發出驚叫，沒抓好扶手的人甚至跌倒或撞到一旁的人。都華央便被旁邊的乘客撞到，手機飛出去，她叫了聲，但在一片混亂中，車廂內的乘客都搞不清楚狀況。

「各位乘客，很抱歉，因為系統發生故障，請您耐心等候。」

語音廣播傳來，車廂中的人面面相覷，摔到地上的人尷尬起身，這一次大家都抓好扶手。

都華央趕緊彎腰找尋自己的手機。好在螢幕沒破，卻自動關機了，按了幾下都開不了機，讓都華央心頭一震。

ＡＰＰ或通訊軟體、照片、聯絡電話等等都有雲端備份，但重要的是備忘錄裡頭的心情日記，那些她沒有備份啊！

忽然，溫立言在咖啡廳對她說的話浮現腦中。

「但如果手機哪天神經不對了，資料全部消失，豈不欲哭無淚？」
「不會發生這樣的事情啦！」
「現代人對科技都很放心呢。」

「天呀！」都華央低喃。
「各位乘客，系統目前已修復，列車即將行駛，請抓好扶手。」廣播再次傳來，一片漆黑的螢幕同時終於打開。車上的乘客鬆一口氣，她也鬆了一口氣。
經過這樣的驚魂，回到家後的都華央洗完澡，坐到筆電前。
要她手寫日記這點實在太困難，連大學時的她都用筆電做筆記，對於拿筆寫字這件事情已經感到生疏。
所以她打開Word，敲下第一個字，卻又停了手指，覺得寫在這裡也不太對，好像很死板、很生硬，冷冰冰的。
她左思右想，順手點開了瀏覽器首頁，滾動滑鼠，注意到首頁下方的專欄。
人氣部落客的美妝分享、美食分享，或是圖文創作者開的網頁……她順手點了幾個進去看，越看眼神越是閃亮。

這就是她想要的。

她立刻選了其中一個部落格，註冊身分以後，望著自己一片空白的天地。

這還是她第一次申請這種個人部落格，連無名小站最顛峰的時代，她都沒有用過，能申辦臉書帳號對她來講已經是了不起的創舉了。

但跟臉書不一樣的是，在這個部落格，沒有人會知道她是誰。

雖然一樣都是公開平台，但別貼照片，別按與臉書同步，就算世界很小，認識的人點進來，也不會知道就是她。

這裡不會像 Word 一樣冷冰冰，卻可以盡情抒發自己的感想。

不過暱稱呢？要取什麼？

她的食指在數字鍵盤的〇上點著，後台管理的名稱上出現了一排的〇。

忽然間，都華央靈光一閃，按下 Backspace 將〇全部刪除，打上了——「毛毛蟲小姐」。

在後台，她選了自己喜歡的頁面，搭配毛毛蟲名字的淡淡青草綠。

點開發表新文章，也打開手機備忘錄，看完一遍所有的心情日誌後，她敲上了第一篇文章。

今天，我人生第一次開了專屬於自己的部落格。

副理說，現代人都太過相信科技。

我想也是，叫我回到拿筆寫字的時代真有點困難，所以我選了部落格，只要一個按鈕便能備份，不用害怕文字遺失，對吧？

反正，沒有人知道我是誰，也不用怕打在這裡的東西被對號入座。

這個世界如此寬闊卻又如此渺小，人與人之間如此遙遠卻又如此接近。

所有人初生時就像是毛毛蟲一樣，在這個世界用著自己的緩慢步調前進。雖然對未來迷惘、雖然對過去放不開，可是終有一天，我們會結蛹，羽化成蝴蝶，飛到任何我們想去的地方。

這也是我選擇毛毛蟲小姐為名稱的原因。

毛毛蟲小姐，就從這裡開始慢慢爬起吧。

她隨手用APP畫了張Q版的毛毛蟲，並在一旁手寫上「Hello」，再用手機傳給自己，將部落格的大頭照換成了這個塗鴉，接著按下發表文章。

看著自己的文字貼在上頭，心中湧起不可思議。頁面下方有著瀏覽人氣數字，看著「1」，她笑了起來。

然後，再想起那扇綠色大門。曾經，那是她這隻毛毛蟲棲身四年的葉子，但總有一天，她會飛離那裡。

所以現在，就從這裡開始。

雖然公司有咖啡廳，喬云也會每天在咖啡廳沖好兩壺咖啡，都華央卻覺得在便利商店或是連鎖咖啡廳買杯手拿咖啡，走著去上班的樣子很成熟。

為了慶祝毛毛蟲小姐在昨天開張，她決定今天去買一杯貴森森的咖啡來犒賞自己，於是她第一次在便利商店內猶豫要選卡布奇諾還是拿鐵。

最後，拿鐵獲勝。

與公司樓下的管理人員打聲招呼，進入電梯。難得今天電梯中只有自己一人，她按下關門鍵後便照著鏡子，發現自己眼下沾到了睫毛膏，皺著眉用手擦去。

這睫毛膏是和紀牧唯吃飯的那天在開架式買下的，一支就要快五百，都華央心好痛。但，真的滿好用的就是了。

此時，電梯門打開，溫立言站在外頭。

都華央照著鏡子戳著眼睛的呆滯模樣讓他笑出聲音。「妳怎麼坐下來了？」

「溫副理！」都華央嚇一跳，趕緊看了電梯樓層，發現自己居然坐到B2。「奇怪，我沒注意到往下。」

「還沒睡醒啊？」溫立言進入電梯裡，按下十樓。

「嘿嘿，早安。」她尷尬地笑著，覺得自己出糗的模樣好像常被他看見。

「這給妳。」溫立言將手上的提袋給她。

「是什麼東西？」都華央問。

「馬克杯，賠償妳打破的那個。」

她要推回去。「是我自己打破的，副理不用啦！」

「也是我嚇到妳，就拿去吧。」

兩個人讓來讓去之間，電梯來到一樓，擠了一堆人進來，忽然讓都華央和溫立言靠得更近。

「對、對不起。」她不自在地低語，但溫立言如往常地掛著笑容。

她可以聞到他身上傳來的淡淡香味，不像是香水，而是洗衣精的味道。

都華央的臉上忽然沒來由地一片熱，手上力量不自覺變大，握緊了咖啡杯，下場便是咖啡被捏得噴出來，沾到了自己的衣服。

「哇！」都華央大叫，一旁的人也閃開。「對不起、對不起！」旁邊的人有些嫌惡地看著她，確認自己的衣服沒被潑到，當電梯門隨著樓層打開時，也一個一個地走出去。

「妳到底怎麼啦？一下打翻馬克杯，一下又打翻咖啡。」溫立言再次笑個不停，拿出衛生紙給她。

「可能有水難吧……」都華央看著自己衣服沾到的咖啡漬，很是難過。

「我想是太迷糊吧。」溫立言說。

她抬起頭看了看溫立言，發覺他的眼神裡頭有著笑意，那種軟綿綿的感覺，讓自己有點飄飄欲仙。

她快快別開眼神。

電梯門一打開，溫立言拿過她手中的咖啡。「快去弄一下吧，看樣子妳最好都穿深色衣服，太容易打翻東西了。」

「不好意思……」

「哈哈！」溫立言的笑聲迴盪在電梯中。

好在被咖啡潑到的地方是袖口，只剩下一點點印子，回家用漂白水應該有辦法弄掉；好在這件衣服不是新買的，不然真會心痛死。

都華央從鏡子看著自己臉頰上的淡淡紅暈。為什麼老是會被溫立言看見失態的一面呢？

她發了訊息給紀牧唯，告訴她自己出糗的事。紀牧唯回覆：「歡喜冤家，好男人照片拍一張給我看。」

「別鬧了。」都華央翻了白眼。

「有緣的兩個人不管怎樣都會被牽在一起啦，說不定妳和副理會越靠越近喔，記得和我報告進度。❤」

「別鬧了！」都華央再回一次，但看著桌上那個溫立言送的馬克杯，內心卻暖洋洋的。

這可能真的是一種魔咒，接下來的日子，都華央越來越常在溫立言的面前出糗，走在地毯上都可以跌倒，拿水桶把手都會斷掉，還要花時間拖地。最糗的莫過於某位「王先生」打電話到溫立言的分機時，都華央習慣性地為不在位子上的人接起電話。

「您好，溫副理現在不在位子上，請您留話。」

「溫副理不在是吧？跟他說我王先生。」對方聽起來像是溫立言的熟人。

「請問是哪位王先生呢？」她在白紙上寫著王，一旁的傅小雨從隔板後探出頭看了她一眼。

「……新來的？叫什麼？」對方說。

都華央皺眉，覺得很沒禮貌。「我姓都，請問方便留下您的全名和電話，我再請溫副理回電。」

「我是妳董事長。」

一時間，都華央沒反應過來，但瞬間瞪大眼睛。「董、董事長！」

傅小雨也瞪大眼睛。

「叫他回電。」然後電話就掛掉了。

都華央看著話筒，一旁的傅小雨雙手搖著她。「是董事長打來的?!」

「他說他是董事長……等一下，董事長怎麼會稱自己是王先生？」

傅小雨拍著額頭。「我的錯，想說妳應該不會有機會接到董事長的電話，所以忘記先跟妳說啦，我們董事長都叫自己王先生。他是不是還問了妳叫什麼？」

都華央點頭。「會怎樣嗎？」
「是不會怎樣啦，董事長基本上人很好，只是畢竟是董事長，聽不出他是誰挺尷尬的不是嗎？只希望他回來就忘記這件事，最好不要遇到他心情不好的時候。」傅小雨聳聳肩。
「看妳剛剛緊張的，我還以為……嚇死我了！」都華央鬆一口氣。
「哈哈，嚇嚇妳嘍，妳知道現在公司男同事都怎麼叫妳嗎？」傅小雨八卦的表情又出現了。都華央搖搖頭。「天然的迷糊蛋。」
「啊？為什麼？」
「妳最近不是常常跌倒還是出錯嗎？男生會覺得可愛啊！不過說實話，妳是不是故意的啊？」
傅小雨的口氣忽然讓都華央皺了皺眉頭，感到不舒服。
「我沒有。」
「所以呆瓜就是妳的本性嘍？」傅小雨挑眉，並不是挑釁，但也不是很友善。「勸妳要再精明一點，如果在工作上出錯的話，那很麻煩。」
「我知道，我會小心的。」都華央說。

「那就好。」傅小雨轉身回去繼續做事，都華央也是。

可是她覺得很不舒服，一股氣悶在心中，呼吸困難。

她自認和傅小雨相處得還不錯，為什麼剛剛會那樣帶刺地說話？

溫立言回來後，她轉告了剛才董事長打來，但並沒有說「王先生」的事情。

「怎麼了嗎？」溫立言問：「氣色不好，不舒服？」

都華央搖頭，禮貌地露出微笑。但如同面試時一樣，那是裝出來的微笑，溫立言看得出來，不過他沒多問，只是皺了眉，點點頭。

都華央轉身回到自己的位子時，瞥見傅小雨正用一種八卦的神情看著自己。

有點，討厭。

Chapter 5

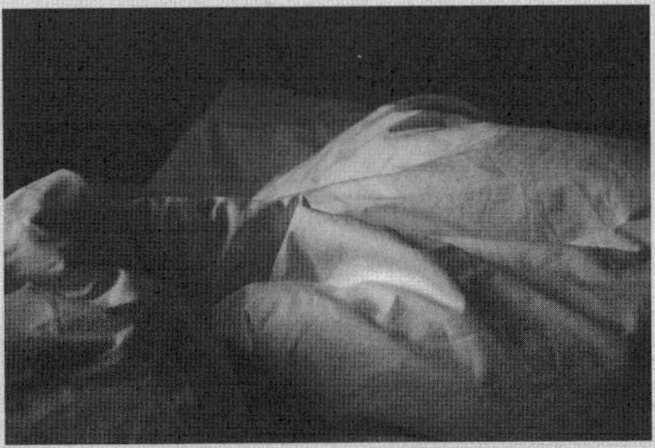

這一切也許都不是真心，
只是尋求一個短暫的肌膚相親。

「啊不是說不用給我們錢了嗎？自己留著就好了啊！」都華央的媽媽林秀美一面將錢推回去，一面用抹布擦著桌面。

「這沒多少，就讓我給你們吧。」雖然父母說不用，但都華央還是堅持要將微薄的三千元交給林秀美。

「噯，免啦！」林秀美堅持不收。「爸爸啊，吃水果了啦！」朝電腦桌前的爸爸都中華喊。

「收下啦，妳跟爸可以買點什麼，這些錢一點點而已。」都華央還在塞。

「一點點就不用了啦，自己留著。」都中華挺著大肚腩過來。他們務農起家，所以都中華皮膚黝黑，從年輕一直耕作到前幾年，直到肚子胖到再也彎不下腰，才轉為到市場賣蒜頭、番薯、蔥等等。

不富有，但也不愁吃穿，應該說父母的物欲很低，只希望女兒過得好就好。房子也是祖厝，沒有房貸問題，相反地，他們家這片地還能賣個好價錢，不過父母並不打算賣，因此這只是不可動資產。

最後，都華央還是敵不過堅持不收的父母，只好坐在旁邊吃水果。

「啊妳現在存多少錢了？」

都華央咬著蓮霧。「哪有辦法存錢，房租水電費什麼的就去了一半，加上交通費生活費什麼的就差不多了。」

啊，還有治裝費，不過跳過不講比較好。

「這樣還要給我們錢喔，免啦！對啦，啊我看妳從台北帶回來的那件洋裝好像很高級內，多少錢？」眼尖的林秀美發現那件掛在女兒房間，打算穿去同學會的新洋裝。

都華央支支吾吾的。「也沒有多少錢啊……」然後漫不經心地看電視吃蓮霧。

林秀美問：「啊沒多少是多少？」

「就……差不多……那個數字啊。」

「心虛齁？啊說是多少？」

「差不多就是兩張有找。」

「哦，那還好啊！」林秀美的話讓都華央瞪大眼睛。「一百多塊真的賺到了呢，下次也幫阿母買一件吧！」

嗯，都華央決定不解釋這美麗的誤會。

他們家位在屏東一個不算偏僻的地方，高中時，她從台灣尾跑到台灣頭去念書時，家人既光榮又不捨；對於畢業後選擇了和科系無關的工作時，家人雖頗有微辭但也沒太大反對。

都中華甚至說：「慢慢走，慢慢找。」簡單一句話便是最大的安慰。

不過都華央自己也明白，不可能永遠靠這樣兩萬多塊的薪水生活下去，她總是要找到其他工作。

於是她設了停損點，基本在這裡要做滿一年，接著就必須下定決心。

洗完澡後，一邊擦著頭髮，一邊聽著外頭蛙鳴和蟋蟀叫。她家雖不是傳統三合院，但也一樣用紅磚和瓦片建材，連窗戶都是小得只能通風，浴室的浴缸還是小碎花磁磚款。

都華央打開筆電，盤坐在地上點開部落格。

看了下當日人氣，1。

她笑了聲。明明是個公開平台，卻只有自己會點進來看，這種感覺還真是奇妙。將毛巾掛在肩上，都華央開始敲打鍵盤。

回老家的目的是同學會，見見那些已經快忘記姓名的國中同學。

我翻了畢業紀念冊，惡補國中同學姓名，連別班的都看了下。即便用現在的眼光看來，國中的單也依舊帥氣無比。

不過單的名字，我從來沒告訴過任何人，這算是小小的暗戀嗎？

那是暗戀嗎？

紀知道我要回來參加同學會，還逼問我國中有無什麼青澀回憶。我當然不會把單的事情跟她講，所以隨便胡謅著每天就是玩泥巴、鬼抓人等遊戲。

可是紀不相信，說我不願分享。

她從什麼時候開始老喜歡將話題導向愛情？

我仔細回想過，也許是綠色大門事件過後吧。

她偶爾會提起前男友的事情，但大多時候並不會說，只是不斷問我有沒有新的對象，我想或許那是她關心的方式，她希望我快點走出來吧。

只不過這樣的關心方式，有時候會令我吃不消。在她眼中，我或許無法靠自己的力量站起來吧。

寫到這個地方時，我被窗外飛進來的蝙蝠嚇到，又打翻了水，除了擦地外還得把蝙蝠趕出去。

不過在這時候我想到了溫，畢竟我在他面前打翻了好幾次液體東西。如果他現在在這邊，一定也會笑我。

話說回來，外面的青蛙叫聲還真大，我有些擔心今晚睡不睡得著覺。

這也是另一個讓我害怕的點。在這裡生活了十幾年，去台北不過五年，我卻已經習慣了車子的呼嘯聲或是喇叭聲。

P.S. 文章發送後我又去裝了杯水回來，然後被放在地上的箱子絆倒。很好，水再一次灑出來，我覺得自己都聽見溫說「妳在幹嘛」的聲音了。

寫完了這些日記，都華央按下發送。

她當然沒傻到把所有人的名字都寫出來，全數都只寫了一個姓氏。

因為或許有些人會在搜尋網頁上輸入自己的名字，以前的她就做過這種事情呢，只是當時是搜尋單定一。

想了想，都華央點開了網頁，打上單定一的名字。

她只是在這個瞬間好奇，單定一現在在做什麼，長什麼樣子。

不過無論是臉書還是搜尋網頁，都沒找到這個人的消息。

隔天，都華央穿著那件只要「兩百塊有找」的洋裝出門，來到同學會指定的地點。其實也不過就是學校附近一條長長的產業道路，那裡搭了棚子，擺放許多用塑膠袋套著的紅色桌子與板凳，裡頭已經有為數不少的人。

都華央張望了下，並沒有看見熟悉的臉，但她也不確定自己記得多少人。不過對比現場眾人相對隨意的穿著，她顯得太過隆重。她甚至看見有人穿著藍白拖鞋。

當然也是有穿洋裝的女生，可是和她身上這件相比，對方的洋裝顯得很Local，更能融入這裡。

她是不是該回家換衣服，穿昨天的睡衣都更適合這個場合，因為衣服不是好就可以，還必須看地方。

和地點搭配得上的衣服，才是好的衣服。
所以她決定回家換件衣服再來，卻見到一個吸引她注意的男人。
男人站在某張桌子邊，手裡拿著飲料，背對著她正在和其他人聊天。
男人穿了西裝。
在一片T恤、背心之中，男人的西裝顯得很突兀。
就好像自己一樣。
所以男人轉身走到另一桌的時候，也瞧見了雖然好看卻格格不入的都華央。
男人先是一愣，接著對都華央頷首。下意識地，都華央也回以微笑。
那男人轉身繼續和其他人聊天。因為距離關係，都華央容量不足的腦內挖不出任何班上同學的長相對得上剛剛的男人。
電話響起，都華央發現是王恩惠，對方背景聲音和她這邊一樣吵雜。
「華央！我好像看到妳了，妳是不是穿很誇張的新娘服啊？」
「確定是我嗎？」都華央身上這件「兩百塊有找」的洋裝一點也不誇張，而且也不是新娘服。
「白色連身裙，新娘服呀！」

都華央看了下自己的衣服。對，白色洋裝，但不是新娘禮服。

「對。」她只能有些無力地附和，找尋王恩惠的身影，心中不免嘆息王恩惠怎麼會說這是新娘服？在公司這樣穿的女同事不少呀……

前方有個穿著大紅色旗袍的女生對她揮手。都華央臉上三條線。王恩惠還好意思說自己是新娘服！

「我們的位子在這邊唷！」

都華央走過那位也一樣穿得「誇張」的西裝男人身邊，不經意地多看了他幾眼，對方也正被朋友虧穿得太正式。

再一次露出了同情的眼神，對方也接收到了，回以無奈的苦笑。

那瞬間，都華央宛如被電擊了一般。

她再次轉身，看著那男人低聲說：「單定一。」

而他聽見了，轉過來微笑。「嘿，都華央。」

沒想到他有來。他的五官雖然沒有太多變化，但是猛然一看還是沒認出是他。

「啊，我們隔壁班的。」單定一的同學們說。

「今天很多人都有來喔。」單定一朝都華央一笑。

然後王恩惠也喊著：「華央，位子在這裡！」
「等等聊。」單定一低聲說，便轉身和他那桌的人繼續聊天。
等等聊？聊什麼？
都華央有些緊張，她和單定一以前並不是會聊天的關係。
就那一次，叫他起來的那一次而已。
而後，即便在走廊相遇，都華央都不敢看他，而是飛快地撇頭看向別處。單定一也從來沒有再和她說過話，兩個人就這樣畢業了，充其量只能說「知道對方的存在」，但不能說是朋友或是同學。
「好久不見了吔！妳變得很漂亮唷！」懷著滿腹思緒的都華央來到屬於她的那桌，王恩惠比以前胖上不少，她張開手，緊緊地抱住都華央。
同桌還有其他以前同班過的同學們，在這個時候，塵封在深處的記憶，忽然和眼前的面孔契合了。都華央懷念起了國中的時光，覺得那時無憂無慮，真是快樂。
那時的天與地便是家與學校，這短短的距離就是她的全世界。
她笑了起來，非常高興來參加這次同學會。
流水席的菜色十分豐富，令人驚訝的是校長居然長得和她記憶中一模一樣，大家還調侃校長打針打很多。

校長開心地講了幾句話，在這個地方鄉鎮，幾乎一半的人都是這間國中畢業的，所以除了都華央這一屆的外，也有其他畢業更久的校友或正就學的國中生。想到這麼多不同年紀的人卻都來自於一樣的地方，並且從遠方回來，聚集在這小小的產業道路上，都華央就覺得不可思議。

酒足飯飽後，因為吃得太撐，她決定到棚子外頭吹吹晚風，消化一下再接再厲。她沿著產業道路邊緣走著，注意到這裡居然沒有路燈，只有流水席棚子的燈光是唯一光亮。

她打開手機的手電筒，再走得離棚子遠一些，發現天上的月亮也是另一個光源。都忘了月亮是這麼地亮。在台北待久了，人造光源早已取代了自然。

「咦？」忽然都華央聽到一個男人的聲音從前方傳來，原來是單定一脫了外套、拿掉領帶，正蹲在路邊抽菸。

「啊……」都華央也喊了聲。

對方捻熄菸站起來，自然地與她搭話。「妳也出來走走啊？」

「是啊，吃太飽了。」都華央一笑，也應答了。

「我都忘了家鄉的流水席這麼好吃，東西都很天然，那是台北比不上的。」單定一笑著說。月光雖亮，卻無法將他看得很清楚。

「你也在台北工作？」都華央很訝異。

但更訝異的是，學生時期不曾好好說過話的他們，如今卻說了這麼多，這就是成長了嗎？

「妳也是？」單定一拿出錢包，抽了張名片給她。「這是我的名片。」

「我沒有名片。」都華央趕緊說：「他們說助理不需要名片。」

「哈哈哈，真過分呢。」

都華央看著單定一的名片。業務襄理。「看來過得很好喔。」

「騙吃騙吃。」單定一笑道。

重逢後，她才明白，自己以前確實暗戀著單定一，就算現在看著他，也會想起當初那份悸動。只是這不是愛情，也不是心動，而是一種對於青春的念想。

「我以前很喜歡妳家的蒜頭和地瓜，在其他地方從沒吃過那麼好吃的。」單定一忽然這麼說，讓都華央欣喜不已，畢竟是聽到他喜歡自家產品呀。

「我爸媽一定很高興，先幫他們謝謝你。」都華央又看了單定一名片上的地址。「我們公司滿近的。」

「真的嗎？」

「嗯，雖然不同區，但也不遠，捷運四站而已。」

「捷運真是方便的好東西。」單定一笑著。

兩個人一面漫步走回流水席的路上，一面聊著天。單定一問了她聯絡方式，表示既然同在台北又是同鄉，不換個電話怎麼行？

有個照應也好，都華央便與他換了電話。

參加同學會比我想像中的愉快也比想像中的尷尬，可能是穿得太過「隆重」，但也算了，套一句紀說的話，打扮漂亮自己也開心。

另一個收穫是重逢了單，他跟我一樣穿得太過「隆重」，更巧的是他的公司離我公司還很近，覺得世界真小，而且不可思議。

所以當他跟我要聯絡方式時，我忽然可以理解以前課本上看到的「他鄉遇故知」的心情，幾乎沒有猶豫就給了電話。

出了社會後，才會明白交朋友的重要性。

但更令我驚訝的是，以前對單的情感，在重逢後都消失殆盡，只剩下懷念。我還以為會出現小說或是電視劇那種，因為重逢而燃起當年心情的愛火之類的。

不過果然是我想太多了，畢竟過去就是過去。

而我體悟到一件事情：過去可以是過去的話，有一天，前男友也真的會成為過去。

一想到這一點，我就鬆了一口氣。

我想也許我還很幼稚，但也才脫離學生時代沒多久，一定還有很多事情我不了解或是跟上步伐，但總會越來越好的，是吧？

待在家裡的這幾天，我比想像中的更懷念台北生活。我並不是工作狂，事實上，工作的事情也沒有忙碌到我必須在假日帶回來做。

但就是很想念我的公司、我的同事、那條網拍街、還有好吃的餐廳，甚至連汽機車喧囂的聲音、捷運的關門聲我都想。

我有點想念溫。

不過，昂貴的物價我就不怎麼想念了。

P.S. 今天一整天我既沒跌倒也沒打翻東西，要是溫看見我難得沒出錯的模樣，應該會覺得我是個可靠的下屬了吧？

P.P.S. 寫完上一段後，我忽然想到傳的話。我知道她直接，但還是令人不舒服，誰會裝可愛出錯想吸引男生注意啊，又不是學生了，幼稚。

都華央按下發表文章後，忽然覺得自己最後一句像是在抱怨，這樣的行為不也挺幼稚嗎？

原想刪除，但還是算了，反正只是如海洋般廣闊的網路上的一篇小文章，除了自己，沒人會看到；就算看到，也不知道是誰，畢竟她都只寫姓氏。

所以何必改呢，這不就是心情日誌嗎？

隔天夜裡，都華央穿著新買的高跟鞋，再次踏上台北土地。她深深吸了一口空氣，感受到混雜在其中的潮濕、灰塵以及汽機車廢氣味道，不自覺地勾起微笑。

「這種混濁的空氣，果然，我回到台北了。」而也是她最習慣的味道。

搭著捷運不用幾站就回到自己的租屋處，她按了莫云諳的電鈴，想要把帶回來的蒜頭和地瓜分一點給她。但是莫云諳似乎不在家。

她只能先把地瓜帶回家，等哪天聽到莫云諳開門的聲音再給她。就在這時候，紀牧唯傳來訊息。

「喂，回來沒？」

「正巧回來，算得很剛好喔。」

「要不要出來啊？」紀牧唯發了張穿著清涼的兔子跳舞的貼圖。

「吃飯嗎？那我們去吃鬆餅屋好嗎？這幾天我想死了。」

「吃個頭，夜店啦！」

都華央一愣。「夜店？」

「是啊！」

「明天要上班呢。」

「但今天有優惠喔，女生免費。」紀牧唯再次貼了張圖。「離妳家很近，我們也可以提早走，反正平常在家還不是都一、兩點睡，OK啦！」

都華央思考一下，第一次去夜店是大一，那時是和幾個大學同學去，前男友正巧也是其中之一，兩人也是在夜店之後才更頻繁地聯絡。

後來交往了，沒再去過夜店，所以那次是都華央唯一去過的一次。

她記得那邊就是一個很暗、音樂很大聲，所有人靠得很近，菸跟酒的氣味瀰漫之處，不能說討厭，但也不會想去。

「**我 Pass**。」況且比起去夜店和不認識的人玩樂，她更想好好敷個臉睡美容覺，明天漂漂亮亮地去上班。

下一秒，紀牧唯的電話馬上來。

「幹嘛不去啦！」她的聲音帶了些責備。

「明天上班吔，想累死我喔。」現在躺在床上都要睡著了。

「平常在家還不是很晚睡，走啦，不喜歡的話我們就先走啊。」

這些話剛剛在 LINE 上都講過了。

「妳稿件趕完了？難得妳會這麼有興致，平常不是累個半死嗎？」想到之前紀牧唯的聲音都像快死了一樣。

「上禮拜剛趕完一件，所以想放鬆一下。」紀牧唯說著。

但都華央聽出聲音裡頭的不對勁。

「不太像只有這理由，還有什麼原因？」

「就……其實要跟我們公司的人一起去啦！」

「所以算是應酬的一種喔……那我去幹嘛，妳和自己的同事好好玩呀。」

「不是啦，是娛樂性質的，有點像是歡迎會那樣。」紀牧唯的聲音變小了。

「那我更不該去啦，你們有新同事喔？」

「一個新設計師，總之就是歡迎他。」紀牧唯吞吞吐吐的，最後才說：「好啦，是我的菜啦，所以想帶妳去鑑定一下，如果妳覺得不賴，我就開始追他。」

這句話讓都華央瞬間清醒。「妳就要追他？」

「是啊，有什麼不可以的嗎？」紀牧唯倒是理所當然。

「找我鑑定……」都華央對自己的眼光不是很有自信，畢竟好朋友和男朋友，她都挑錯過。

所以她最後嘆口氣。「但還是算妳公司的事情，所以我就不——」

「夜店就是人多才好玩，大家也都會帶朋友去，安啦！而且結束後妳家比較近，我想去妳家睡，等等就先把盥洗用品什麼的拿到妳家放，我們再一起出發。就這樣說定啦，等等見！」然後就掛了電話。

都華央瞪著手機一陣子。紀牧唯這女人，有時候挺強硬的。

偶爾她不禁會想，紀牧唯當年一直要她找前男友他們攤牌，但是她不肯；如果一模一樣的事情被紀牧唯遇上的話，她大概真的會大鬧一場，接著大哭一場、大醉一場便拋諸腦後，往下一個目的地邁進吧？

在這方面，都華央是很羨慕她的。

她從床上跳起身，先去洗澡再換件衣服，選了一件連身的無袖短裙，然後打開筆電。

紀看上新來的同事，要我去鑑定。

但選在一個根本看不太清楚長相的夜店鑑定，加上選我鑑定這件事情本身就很荒謬吧？

她是否忘了我曾經看錯了人呢？還是這是身為好友的她信任我的表現？

不過這壓力實在太大，所以我決定待會兒不多說話，一切交給紀決定。

總之，無論她是基於什麼樣的原因相信我的眼光，說什麼如果我說ＯＫ，她便會主動追求，無論如何，我都希望她幸福。

畢竟女人主動出擊已經不是什麼新鮮事，只是紀還是令我訝異。

我並不古板，但還是習慣處於被動角色。

也許釋放一點「我也跟你一樣喔」的心情，他就會主動接近我了吧？

還是說，若我不主動，他也不會知道我的心意？

都華央習慣性地看了下今日人氣，發現變成了2。

她心頭一驚。有哪個誰，哪個她不認識的人，透過網路在螢幕另一邊看著她寫的心情日記？

但她忽然想到，今天在高鐵上因為無聊，所以用手機點進來部落格一次。

她鬆了口氣，關掉筆電，正巧紀牧唯也按了門鈴。

紀牧唯穿的短裙短得彎腰就要曝光，上衣則是緊身小可愛。

「妳知道，我聽過一種說法：看一個女人的穿著，就可以知道她是不是交過男朋友。」在捷運上，紀牧唯說著。都華央注意到周遭的男生一直將視線集中在紀牧唯胸前。

「怎麼說？」她拿了小外套遮住紀牧唯的上半身。

「是一種氣質，說不上來，但看就明白了那種。」紀牧唯將外套還給她。

「所以妳相信嗎？」都華央覺得那些男人的視線令人不舒服，堅持要蓋在紀牧唯身上。

「相信。而我更認為能露就是本錢，所以不介意被看，這代表我有魅力。」紀牧唯小聲附耳說，又將外套還給都華央。

好吧，既然她自己都這麼說了，想來紀牧唯也是為了等等的新設計師才如此打扮吧。

「比如說，就像我現在這樣。」紀牧唯指了自己的爆乳裝。「如果我和妳站在一起，大家一定會認為妳是乖乖女，而我很敢玩，就因為我穿得少。」

「雖然說外型、打扮並不是一切，但不可否認那也是一個人傳遞出來的印象，不是嗎？」都華央努了努嘴。「我覺得，如果妳想要追妳同事，應該要穿得……端莊一點。」

紀牧唯哈了一聲。「去夜店端莊？要看場合好嗎？我平常上班都很端莊。這叫做反差，要有點反差，男生才會驚喜！」

「妳開心就好吧。」都華央兩手一攤，覺得紀牧唯說得好像也沒錯。

夜晚的台北依舊紙醉金迷，五光十色的霓虹燈下，滿是許多年輕時髦的男女；夜晚不是結束，而是正要開始。這裡散發著比白天更熱鬧的氣氛。

另一種屬於夜生活的氣息，讓都華央覺得新奇極了。仔細想想，她的大學生活並沒有玩到；交了男朋友後，每天不是男朋友就是學校，並沒有其他時間、興趣參與其他活動。

那時候的她也認為，男朋友就是一切，不用認識其他的異性。

忽然想起在老家遇見的單定一，留電話給一個八年沒見過面的異性朋友，也算是自己的一個改變。

「我看見他們了，在那邊！」紀牧唯拉緊都華央的手臂，她感受到對方傳來的輕微顫抖。

順著她指的方向看去，都華央瞬間就知道哪一個是紀牧唯青睞的人——最為高䠷、身形出色，連距離這麼遠都能感受到對方傳來的魅力。

「穿黑色上衣那個？」

「他很完美對吧?!」紀牧唯像個小女孩般地興奮。「走吧，我等等幫你們介紹一下！」

當紀牧唯拉著都華央走向人群時，都華央才看清楚那些人的樣子，都很時髦，但和她廣告公司同事的時髦不一樣。

禹見的人屬於流行的時髦，就像是翻開時尚雜誌，裡面會出現的那種大眾都能接受的風格，但紀牧唯的同事們則是與眾不同的時髦，每個人都有自己的風格。

例如某個男生左邊頭髮剃光了，右邊頭髮則留得很長，還紮起辮子。有個女生嘴唇是鮮豔的大紅，頭髮則是橘色；還有女生穿著全鉚釘的靴子，耳朵和唇上穿著銀環。

「別看他們這誇張模樣，平常上班累得要死，也是跟鬼一樣，所以我才會說自己穿這樣一點都不誇張。」紀牧唯偷笑著。

「最慢一個喔，其他人都進去了。」其中一個頭髮鬈鬈的、戴著黑框大眼鏡的男人說，聲音很沙啞。

「抱歉抱歉，介紹一下，我大學死黨，叫她小央就好。」紀牧唯介紹，所有人對都華央點頭微笑。

不過都華央的注意力都在新設計師身上。她注意到那個男人的眼神停留在紀牧唯的胸前最久。

「他叫良右。他剛剛在看我對不對？穿這樣果然值得！」排隊入場的時候，紀牧唯在都華央耳邊興奮地小聲說。

「但我感覺不是很好。」

他的眼神就像是剛才在捷運上，那些無聊的路人男人一樣，令人不舒服。就算是帥哥，令人不舒服的事情還是會不舒服。

「男人是視覺性動物嘛！所以會被吸引是理所當然，要是這樣還吸引不了他，那我才要擔心呢！」紀牧唯倒是另一種想法。

也罷。

夜店裡頭和都華央記憶中的相差不遠，一樣是燈光昏暗、音樂震耳欲聾。

他們的包廂位在牆邊，裡頭已經坐著幾個男男女女，大約有十多個、快二十人，紀牧唯說有一半都不認得，是同事們的朋友。

包廂並不大，不是每個人都會有位子，走在最後的都華央和紀牧唯來到時，位子已經坐滿，但令人意外的是，幾個不認識的男生站起來把位子讓給她們。

「沒關係……」在音樂聲這麼大的地方，對方根本就沒聽到都華央微弱的話語，他們叼著菸在一旁說話。

「就坐吧！」紀牧唯倒是不客氣。

一坐下，馬上有人送上兩杯酒到她們面前，一抬頭發現是良右。

「謝謝你！」紀牧唯非常懂得把握機會，立刻和對方聊起來，而都華央則對良右禮貌地微笑後，觀察了下夜店環境。

只能說她對這裡還是沒什麼興趣，而且酒的味道也不好。她看見同桌其他人將伏特加倒入一只大壺內，再倒入可樂，然後拿起一旁冰壺中的冰塊放進去攪拌，就倒至杯中遞給每個人。看起來就是亂調一通，難怪這麼難喝。都華央推遠杯子。

其間，夜店人潮也多了起來，周邊有其他男女走動，她看到其中幾個女生手中拿著高腳杯，看起來好喝多了。於是她觀察一下，發現是跟吧檯點的。

都華央對一旁的紀牧唯表明要去吧檯拿酒，要不要幫她拿一杯。紀牧唯雖說要陪自己去，但她跟良右似乎氣氛正好；而且都華央也注意到，同包廂的其他女生眼神時不時往良右看去，想來如果紀牧唯離開了，那些女生便會趁機靠近了吧？

「我自己去就可以了。」所以都華央拍拍她的大腿，再一次注意到良右的眼神在紀牧唯的身上打量。

她走到吧檯，看到舞池中三三兩兩的男女，時間還早，大家還清醒，所以還沒有太過誇張的肢體接觸。

她不知道酒的名稱，所以只跟吧檯說了自己想要的類型，隨後酒保送上裝了淡紅色液體的高腳杯。她先聞了聞，酒味並不重，反而是果香氣息更濃。

「雖然沒什麼酒味，但還是有酒精。」酒保居然提醒。「小姐哪個包廂？」

「我跟朋友一起來的！」那瞬間，都華央還以為酒保在搭訕，立刻回絕，這讓酒保笑了起來。

「我知道，小姐付費方式是要記在包廂上，還是現金？」酒保的表情好像看著鄉下俗一樣。

喔，糗翻了！「付現。」

都華央掏出三百，然後倚靠著吧檯看著舞池。不過短短幾分鐘，舞池已經充滿了雙雙對對，幾個女孩一團、幾個男孩一團並物色他人，也有不知道是不是情侶的男女在裡頭磨蹭。

大一去夜店的時候，她和前男友都只在包廂聊天，因為音樂聲很大，所以他們必須貼得很近才聽得見彼此的聲音。光是那樣的靠近，都會讓都華央心跳加速，但現在對夜店的大家來說，這一切也許都不是真心，只是尋求一個短暫的肌膚相親。隔天，所有人都會回到現實生活。

該上班的上班、該上課的上課，就像黃粱一夢。

手機在小包裡傳來震動，都華央拿起，發現是單定一傳來的LINE。

「我是單定一，妳已經回台北了嗎？」

點開照片，卻是以前課本上看過的單于圖像。

「已經回來了呀，怎麼大頭照用單于啊？」那不是匈奴嘛！

「哈，有念書喔，還知道這是誰。因為我姓單，大家第一個想到的就是單于了。」單定一貼了張貼圖。「我現在才要從屏東回去，想說如果妳還在屏東的話還有個伴。」

看了下時間，已經快要十二點，這樣高鐵還有開嗎？

「我開車，這樣比較方便，不過這樣還滿累，下次回鄉會考慮高鐵了。」

「那明天上班不就很累？」

「這也沒辦法。」他貼了個苦笑。「也晚了，妳快休息吧，下次有機會在台北聚一聚，互相推薦一下不錯的餐廳吧。」

「好哇，沒問題。晚安了。」都華央貼了張女孩倒在被窩中的圖。

關掉手機後，她一口喝完手上的酒，覺得好喝極了，於是又點了一杯。說了晚安，自己卻還在別的地方喝酒，這種感覺真是奇妙。

都華央站在這邊喝第二杯酒的其間，有兩個男生過來搭話。都華央故意回答英文，假裝自己聽不懂，無奈其中一個男生英文還不賴，只好閒聊了兩句。但當對方拿出手機表示留下聯絡資訊時，都華央搖頭拒絕。

結交新朋友的確重要，但朋友不該是在夜店認識，更不該是莫名來搭話的人。雖不能以偏概全，但她就是不喜歡。

連喝兩杯酒後有點想上廁所，從另一邊到廁所比較近，都華央並沒有經過自己的包廂。

洗手間裡頭已有許多女生，她們年輕時髦，也很敢展露身材，高跟鞋更是一個比一個還要高。

鏡子前的女生比排隊上廁所的還要多，洗手間外頭也有很多男生在等候。

上完廁所後，都華央從鏡子中看著自己的臉，覺得很是陌生。想擦掉嘴上的紅唇，也想把紀牧唯硬要自己戴上的假睫毛弄掉，但最後還是作罷。

因為她發現感到陌生的原因並不是口紅或假睫毛，而是臉頰的紅暈。

喝了兩杯酒，就讓自己的臉紅到像是醉了；紅唇也不是因為口紅，而是喝酒的關係。這樣的表情讓她不習慣，覺得自己充滿一種……說不上來的煽情。

於是她洗把臉，想讓臉上的紅暈消退，同時還要小心不能弄到妝，又拿起放在洗手台旁的漱口水想消散酒味，才擦乾臉走出洗手間。

正巧遇見從男生廁所出來的良右，對她打了招呼。

「小央對吧？」

「你好。」沒想到他居然記得自己的名字。

「哈哈，不用這麼拘謹。」良右靠近她。這裡的音樂沒有像裡面那麼吵，並不需要大聲說話才能聽見。「妳是牧唯的大學同學？」

「對，你怎麼知道？」都華央稍稍往後退一步，她覺得良右靠得太近了。

「牧唯剛說的。」良右露出微笑，十分表面又不懷好意，令人不舒服。都華央也注意到良右的眼神從上至下地打量自己，甚至停留在腿上好幾秒。

「我們該回包廂了。」

都華央立刻轉身，手腕卻被良右拉住。

那個瞬間，她嚇了好大一跳，順手便甩開。

「反應這麼大啊，」良右並沒有多大驚訝，而是露出更討人厭的笑容。「沒交過男朋友對吧？」

「不關你的事情！」此刻的都華央對這個男人的評價降到最低，立刻快步往包廂方向而去。

半途，她遇見紀牧唯。

「妳跑哪去啦？我找了妳一圈。」紀牧唯臉上有著擔憂。「電話也不接。」

「我、我沒聽到。」都華央抓著紀牧唯的雙肩。「我跟妳說——」

「妳們都在這兒啊！」良右的聲音從後面傳來，紀牧唯的臉上馬上堆起笑容。

良右看了都華央一眼，對紀牧唯微笑道：「要不要去跳舞？」

「好哇！」紀牧唯當然答應。都華央立刻拉住她。「怎麼了嗎？」

「小央也要一起嗎？」良右說。都華央瞪了他一眼。

「不用！」

「那我們走吧。」良右的手搭上了紀牧唯的肩。看得出紀牧唯很高興。

只是跳個舞，等等一起回家時，一定要告訴紀牧唯，良右這個人完全不行。

可是回到包廂後，都華央發現居然已經一個一個配對好了，男女分別坐在一塊兒，有些男生甚至和兩個女生坐在一起。

當然這不是什麼淫亂畫面，有些只是在聊天，有些則是喝酒，但也有些手都不知道放在哪裡，而被吃豆腐的女生還一臉開心。

都華央並不古板，她接受男歡女愛，接受雙方都同意的情況下彼此親密接觸，可是，她就是覺得那些事情不該發生在夜店。

對，這裡勉強算是尋歡的地方，但她討厭這裡的味道，討厭菸味、討厭酒味、討厭充斥著的背叛與謊言的味道。

她和夜店，真的合不來。

在等待紀牧唯回包廂的時候，都華央覺得昏昏欲睡。幾個男生找過她搭話，但她委婉地拒絕，讓所有人摸摸鼻子找尋其他目標。

最後她受不了，看了手機已經兩點，決定要回家，於是起身擠過重重人潮來到舞池，卻發現根本找不到紀牧唯。

而且身邊的男男女女早就抱在一起，手都放在不該放的地方，這讓都華央對這裡更是沒有好感，在心裡暗暗發誓再也不來。

最後當然沒找到紀牧唯。都華央狼狽地回到包廂，發現良右也沒回來，她想起舞池裡頭的男女，想起良右看著紀牧唯那不懷好意的神情，忽然緊張起來。

她立刻撥電話給紀牧唯，一邊往外跑去。第一次沒接，第二次也沒接，第三次，電話終於接起來了！

「天啊！妳要嚇死我？人在哪裡？」都華央已經來到夜店的電梯前，卻發現紀牧唯那頭一片安靜。「妳已經出了夜店？」

「我今天應該不會去妳那邊睡了。」半晌，紀牧唯才小聲說出這句話。

「啊？什麼意思？」都華央一愣。「真的假的？等等，妳現在不會跟那個良右在一起吧？」

「嗯。」

簡短一個字讓都華央要氣炸了。「妳有沒有搞錯啊！不是要我評鑑嗎？我還沒說我的感想妳就跟他出去，也不會先跟我說一聲，讓我呆呆在裡面等？妳現在立刻給我回來！」

「我現在沒辦法啦。」紀牧唯低聲說。

「管妳看夜景還吃消夜！馬上給我回來！」都華央氣炸了。

「我跟良右不是吃消夜啦。」紀牧唯的聲音更小了。

「那現在在哪裡？」

「還能在哪裡啊。」

都華央瞪大眼睛，啊了好大一聲。「妳不要鬧了！真的假的?!」

「我覺得不會再遇到這麼好的人了，我這麼喜歡他，沒關係的啦！」紀牧唯的聲音很開心，但依然壓低了。

「我跟妳說，我對他沒什麼好感，他看妳的眼神感覺很差。」也省略了他看著所有女人的眼神都像是性騷擾一樣的話。

「那不是很好嗎？就是我的目的啊！」紀牧唯笑著，聲音壓得更低。「不說了，他洗澡出來了，明天再跟妳報告！」然後掛掉電話。

聽著嘟嘟聲，都華央站在原地，無法動彈。

我實在無法想像，紀居然會直接和他出去過夜。

她是腦子進水了嗎？把我一個人丟在夜店，然後就投懷送抱。

明明我說了評價，她卻不聽。

那個男人不是什麼好東西，絕對不會是，雖然我眼光很爛，但這不表示我都說爛的就是更爛嗎？

是不是女人都一樣，即便所有人都說那個男人的不好，但只要自己喜歡了，就不管其他人怎麼評價，想在一起就在一起。

甚至有時候還會因為別人越是評價，你們就越要在一起，好像代表這樣相愛得更有意義。

在所有人都反對的時候堅持在一起，在所有人都祝福的時候卻分開了。這該有多好笑。

大家都要笨過一次，才會變得聰明。

沒想到一直到現在才會發現，到了長大才會一一體會，從錯誤中記取教訓，或是從經驗中學習這種話。

就因為我摔過一跤，所以更能發現那些地方嗎？

仔細回想，在綠色大門之前，前男友就已經有許多可疑之處，前好友也常聯絡不上，而他們消失的時間正巧都對得上。

為何以前沒即時察覺啊？笨死。

現在回想有什麼用，我已經不笨了，笨的是紀。

氣呼呼地打完，文章發表後，都華央看著一旁紀牧唯帶來的過夜用品，更覺得被耍了。

於是她按下編輯。

P.S. 難道她就沒想過我一個人半夜回家很危險嗎？居然這樣丟下我，也不主動跟我聯絡！

然後發表文章。

隔天，頭痛得要死，臉也整個浮腫，而黑眼圈更深，皮膚毛孔看起來很大。

都華央被自己的臉嚇到。

這就是現實。離開了酒醉迷離的地方後，所有人醒來了，不知道會對前一晚有什麼感想。宿醉的疼痛是事實，胃脹的嘔吐感是事實，要上班是事實。

看著鏡中臉色慘兮兮的自己，這才是現實。

不過出門時，看見了莫云諳貼在門上的紙條：「**謝謝妳送來的蒜頭和地瓜，看**

起來就很新鮮，工作加油。」

對比昨晚拋下她的紀牧唯，莫云諳簡直是天使。

一邊打著哈欠來到公司，喬云一見到都華央臉上的慘狀，直接哇的一聲說：「妳氣色好差喔！我看妳這樣……前一晚玩得太瘋齁。我了解的啦，我大學的時候也是這樣，隔天第一堂課簡直要我的命，不過學生時候還可以蹺課，現在可就不行……話說妳真的沒事嗎？」

「沒事。」都華央覺得自己講話都有昨天殘留的酒味，雖然喝得不多，但平時不喝酒的她對那樣的味道更是敏感，就連身上似乎仍留有菸味。

「早安啊，一早怎麼……哇，妳宿醉喔？眼袋很多層呢。」傅小雨皺著眉頭。

都華央最不想要的就是被傅小雨知道。

「沒事啦。」所以她簡短說著。

打卡機再次傳出嗶嗶聲，郡凱哼著歌走進來，看見三人都在這裡便靠過來。

「幹嘛啊？一早就在聊天？」

「都華央宿醉啦！」傅小雨搶先說話。都華央瞪大眼睛。

郡凱的眼神移到她臉上。「哇，真的挺嚴重的，一看就知道了。」接著他翻找包包，拿出一個小包夾鏈袋，裡頭有幾顆白色藥丸。「這是醒酒藥，半小時內就會見效，吃一顆就夠了。」他遞給都華央。

「不、我不……」都華央想要拒絕。

「幹嘛不吃？妳是不吃藥派的？」郡凱不解。

「不是，但……」

「噯，就吃啊，帶著宿醉上班很不專業呢，等等工作又出錯怎麼辦？」

傅小雨的語氣是關懷還是別有用意，都華央分不出來。

她工作沒出錯過，宿醉來上班就如同傅小雨說的很不專業，所以她並不想讓大家知道，也不想引起大家的注意。可是傅小雨就是這麼突然地說出來，讓她很不高興，但她也知道自己沒資格說什麼。

所以都華央只能說了謝謝，拿了郡凱的藥包回到辦公室。

她翻開部門行事曆，上頭寫著溫立言今天一整日到台中出差。為此她鬆了口氣，不想讓溫立言看見自己這般狼狽。

「郡凱又在叫妳迷糊蛋了。到底在想什麼，怎麼會宿醉來上班？」傅小雨將包包放在位子上。「妳去哪裡瘋？」

都華央不想回答，隨便敷衍說沒有，但傅小雨怎麼可能善罷甘休，這時候都華央才知道，為什麼傅小雨老是這麼多八卦，因為她打破砂鍋問到底。

「朋友生日。」她簡短地捏造了一個謊言。

「男的女的？大學同學？」

問這麼清楚做什麼？

「大學同學，女生啦。」但傅小雨畢竟是公司同事、是前輩，都華央再不想隱私被探討，也只能回應。

「但也有男生對吧，妳們去哪裡？夜店嗎？哪一間？」傅小雨繼續問，即便部門其他同事陸續來到也不放過。

「我先去影印等等要用的資料。」都華央隨手拿起資料夾往影印室逃去。

她覺得後腦兩邊的血管跳得疼痛，太陽穴也脹脹的，更別說一股連早餐都吃不下的噁心感。

「我再也、再也不會去了。」她嘀咕著。

「沒想到華央看起來很乖，也是很會玩呢。」影印室門口傳來郡凱的聲音，她嚇了跳，轉過身。

「我並不是……」

「我明白啦，公司一套、私下一套，我不會說的。那藥妳吃了嗎？」他喝了口手上的咖啡。

「還沒，我也不是常這樣玩，昨天是無法拒絕。」都華央解釋。

「我也常有無法拒絕的攤，如果妳有興趣，下次我會邀妳。」郡凱看樣子完全不相信她的話，笑著說：「那藥快吃一顆，會舒服很多。以前玩很瘋時我都靠那藥才有辦法上班。」

覺得解釋也沒用，都華央點頭，拿著一疊不需要的資料回到辦公室。趁著傅小雨在跟客戶講電話，趕緊跑到茶水間裝水，並偷偷在心裡祈禱一整天傅小雨都忙到沒時間問自己任何事情。

中午，她在咖啡廳一會兒拿起手機，一會兒又放下手機，猶豫著是否主動聯絡紀牧唯。她昨晚的確不高興，但又擔心紀牧唯。最終在她下不了決心的時候，紀牧唯打電話來了。

都華央立刻接起，往咖啡廳的陽台走，並關上連接的門。

「妳知道要跟我聯絡了？」她先下手為強，奠定這通電話的基石。

「不要這樣嘛！因為我覺得是難得機會啊，相信我真的有要通知妳，只是在我打去前妳就打來了嘛，不要生氣啦！」紀牧唯討好著。

都華央嘆口氣。「所以昨天到底發生什麼事情？」

「妳聽我說啊，就像是夢一樣呢！」紀牧唯像是少女一樣心花怒放，從聲音都可以想像到她現在的表情有多花痴。

昨天到舞池後，兩個人先跳舞，接著舞池的人很多，免不了越靠越近，紀牧唯整個人就貼上良右胸膛。當然她也承認，她的確故意用身體貼著良右想誘惑他。

接著良右的手就在她的背上摸來摸去，貼在她耳邊說些不著邊際的話，但誰在乎他們說什麼呢？只知道背上的溫度好熱，連帶著讓紀牧唯心跳加速。夜店的確不是什麼好地方，在這邊的碰觸都可能只是逢場作戲。

但紀牧唯卻是真心的，渴望這一切也是真的。

我們要不要先走？於是當良右這樣問她，她才點頭答應。

「妳白痴啊！」

「妳只有這個感想？沒有其他祝福我的話？」紀牧唯抱怨。

「祝福？那你們有交往嗎？」

電話那頭的紀牧唯沉默了。

「妳看吧！」

「雖、雖然沒有口頭上的承諾，但既然會這樣找我，不就表示對我也有好感嗎？」紀牧唯解釋。

「妳別傻了啦！他得到以後就算了，那不是很明顯嗎？一整晚他都在打量妳的身材……不對，是打量任何女人的身材，包括我！紀牧唯，他根本就不是真心的，只是想找人上床，然後妳剛好送上門！」

「才不是！妳真的很奇怪欸，就算是那樣好了，那我也能從那邊開始啊，由性而愛。」

都華央忍不住翻白眼。「他今天對妳是什麼態度？他做完以後對妳是什麼態度？他會抱著妳入睡嗎？起床後，飯店費用是一人一半嗎？」

「當然是他出錢啦！而且也有抱著入睡啊。」紀牧唯有些動怒。「妳為什麼不為我高興？」

「我怎麼會為妳高興，很明顯妳就是被玩弄了！」

話一出口，都華央都自覺太過分。

「我沒有被玩弄！」

「上床後卻沒在一起或是馬上分手，那就是被玩弄！」

「如果要這樣比喻，那妳不也是一樣？物以類聚！」下一秒，紀牧唯也說出令自己後悔的話。

兩個人在電話那頭都沉默了。誰也不說話，也不掛電話，兩人一樣為脫口而出的衝動而後悔，卻收不回來。

最後是都華央聽到身後有人敲著玻璃門的聲音，回過頭發現是郡凱，主動說掰掰掛掉電話。

「妳吃藥了嗎？」郡凱問的依舊是這個。

「吃了，幹嘛一直問？」

郡凱撐著頭微笑，伸出另一隻手。「因為藥要還我啊，還有很多顆呢。」

都華央瞬間摀住嘴。「抱歉，我忘記了！」還自作多情地稍微懷疑了下郡凱接近自己的目的，原來只是因為要拿藥而已啊！

「妳還真是迷糊蛋呢。」郡凱笑著。

「我可不想被叫迷糊蛋。」都華央皺眉，不敢想像若是這一幕被傅小雨看到，又會被說成怎樣的八卦。
「很可愛，不是嗎？」
「也不想被說可愛。」她補充了這一點，只因為溫立言也這麼說過。
郡凱聳聳肩。「是嗎？我還以為女生都喜歡。」
「並沒有。」
郡華央不由得將眼前的郡凱和溫立言相比。明明一樣是男人，卻那麼不同。郡凱雖不壞，但散發的那種輕浮感讓她想到昨晚的良右，也更加襯托出溫立言的穩重。
雖然她覺得自己很沒有看男人的眼光，但溫立言不一樣，她相信這一點。

女人的友情也許真的很脆弱，可以輕易為了一個男人翻臉。
我想偶像劇、少女漫畫之類的之所以讓人喜歡，就是因為它們不切實際。裡頭常出現「不會變質的友情」以及「兩男搶一女」的劇情，但在現實生活中卻是反過來。
女人容易因為小事分裂，男人卻不容易為一個女人翻臉。

所以說大家期待的，都是與現實相反的事情，也是一種逃避？

我想或許是一種生活不滿足的寄託吧！

慣性地發送文章之後，都華央看了下今日人氣，如她所預料是2。凌晨發表過一篇，晚上又發表一篇，頻率是不是太高？看樣子必須給自己定下一個習慣，例如每天晚上七點發文之類的，才不會造成版面變成發牢騷專區。

思考一下，都華央決定趁著洗澡時沉澱思緒，並固定每天晚上十點將一天的心情記錄下來發文，然後上床睡覺。

最近，她都沒有夢見綠色大門，而是夢見公司的咖啡廳，有個穿西裝的男人雙手撐在掃把柄上看著自己，笑得溫柔。

Chapter 6

等一個人追上來太久，
或者追一個走太遠的人，
都是很辛苦的。
不是不愛，
就只是走在不一樣的路了。

夢醒後，都華央覺得有些，嗯，沮喪，還是說害羞呢？

不可否認，溫立言在某方面的確很吸引自己。明明大了自己那麼多歲，難道溫立言是自己潛意識中對未來另一半投射的想像嗎？

而且這種感覺越是經由工作上的相處越是明顯，她認為，溫立言無疑就是一個好男人、好老公的模範。

「你覺得是不是？」都華央轉頭，看向一旁正張大嘴吃壽司的單定一。

「什麼？我沒在聽。」單定一喝了口茶。都華央對他翻了個白眼，這表情讓單定一笑了。「我記得妳國中時明明內向安靜吔。」

「我也記得你國中時好像彬彬有禮。」都華央聳肩。「話說回來，你國中時怎麼會知道我的名字？」

「學校那麼小，要知道幾個名字並不難呀，況且妳不是也知道我的名字。」單定一說得含糊，但都華央真正想問的是：**國中時，你對我有過喜歡的感覺嗎？**

可是想想現在都幾歲了，忽然問起國中時期的情感好像太過幼稚與可笑，但如果可以知道答案的話，都華央仍想知道。

好吧，以後再找機會問。

「我剛才是說，你覺得我對副理的那種感覺，是不是只是一種對於好男人的理想投射？」

「那妳覺得好男人該具備怎樣的條件？」

「溫柔、體貼、可靠、負責。」都華央秒答。

單定一大笑。「這籠統的答案是怎麼回事？」他瞇起眼睛。「看樣子妳果然還是社會新鮮人。」

「我的確是啊，才工作不到一年。」換都華央張大嘴將壽司一口塞入。

「哇，好大一口，我第一次看見女生一次吃掉整塊壽司。」單定一打趣地笑著，又多叫了盤生魚片。

「那又怎樣？」都華央瞇眼，口齒不清地說：「膩是想暗示我妹有女人味？」

「妳先吞下再說吧。」

都華央哼了聲，喝了口茶，仔細咀嚼後吞下。

今天下班時，忽然收到單定一傳來的訊息，說拿到兩張試片券，原本要一起去的同事臨時有事，便想起了同鄉。

都華央考慮了一會兒，雖然和單定一在同學會後就沒再多聊，但畢竟以前喜歡過呀，加上他鄉遇故知，便答應了邀約。

雖然說和同學會上的自然相處不太一樣，畢竟這次兩人是在繁華的臺北相見，相約看的又是情侶居多的電影。剛開始，都華央心中多少有些放不開，不過兩人一見面後，她瞬間覺得緊張的自己好像白痴一樣，因為單定一居然看電影看到哭。

她承認那橋段是個大哭點，當時她也快哭了，但忽然聽到旁邊傳來啜泣，發現單定一哭得像是換不過氣來一樣誇張時，頓時只覺得好笑，忍不住笑出來。

「妳幹嘛啦！有什麼好笑的！」單定一一邊擦著眼淚，一邊小聲對她說。

這模樣還真跟他的形象不一樣呢，也是因為這樣，化解了都華央的緊張。

「我覺得你很有趣。」都華央低聲回。

「哼！」

單定一散發出一種令人安心的感覺，彷彿連「以前喜歡過的異性」這一層枷鎖都解除了一般，兩人時而談論起國中的校舍與老師，還有鄉鎮哪邊是小時候的祕密基地等等，都華央發覺的時候，自己已經能毫不做作地大笑著。

「所以妳覺得那部片怎樣呢？」

「你是說你哭得唏哩嘩啦的那部片嗎？」

「那邊妳沒哭我才震驚。」單定一搖頭。

「你先哭了，我怎麼好意思哭。」

「失算，沒想到會有親情的橋段，那一直都是我的罩門。」單定一嘆氣。

「我也是，寵物的也很好哭。」

「英雄所見略同喔。」單定一笑著。

「那，你覺得怎樣才叫好男人？」

「跳回剛剛的話題了嗎？」單定一喝了口茶，皺了皺眉。「不同年紀會有不同想法，某個階段也許妳會認為外表很重要，某個階段妳又會認為體貼比外表重要，再下一個階段又會認為經濟比一切重要，這是每個階段的不一樣。」

「是因為要求不同了，還是因為看的人多了？」都華央撐著下巴。

「該怎麼說呢……」單定一挪動了下身體，調整坐姿。「應該要說是成長吧，例如學生時代花兩百塊吃飯覺得很貴，但是妳看今天我們一盤壽司就要三百多。隨著年紀，我們需要的東西和追求的東西都不一樣，當然看人的眼光也會不同。」單定一看了看都華央的臉，眼神移動到衣服上再到腳上的鞋。

「你在打量我嗎？」都華央想起夜店那一晚，不同的是，單定一的眼神完全沒有讓她感到不舒服。

「舉例來說，妳從什麼時候開始會穿這樣的衣服或是鞋子？」

她今天的上衣是白色罩衫，下身則是黑色連身褲，還拿了個寶藍色的側背包，腳上則是裸色高跟鞋。

「出社會不久就慢慢這樣穿了。」

「看雜誌嗎？」

「是啊。」那天翻完喬云的雜誌，便一口氣訂了兩年。

「那妳以前都穿什麼？大學時候。」

都華央回想了下。「就很一般的長褲或短褲，偶爾洋裝吧，很學生的打扮。」

「但妳以前不會覺得這樣不好，不過一出社會後發現大家都穿得光鮮亮麗，連帶地妳也在意起了外表，甚至看起學生時期不會看的雜誌，開始穿起以前根本不會買的的衣服。」

「是這樣沒錯。」

單定一伸手摸了下都華央的罩衫，距離算得恰到好處，沒碰到她的肌膚。

「我猜這一件衣服也要一千起跳吧？」

「當然，畢竟是這樣的材質，穿起來很舒服。事實上，我買九百五的價錢已經是打折過了。」都華央很滿意。

「如果現在要妳再穿大學時的T恤、短褲和帆布鞋上班，妳可以嗎？」

都華央稍微想像了下，打扮得像學生去公司顯得有多突兀，最後搖搖頭。

單定一彈指。「這就是重點了。」

都華央不明白地歪頭，單定一只是微笑。「根據環境的不同，妳所待的地方不同，妳也習慣了這樣的穿著打扮，要妳回到以前是不可能了。這就跟妳需要的對象不同是一樣的啦，所以好男人沒有固定條件，而是在這個階段最適合妳的，就是好男人。」

對於單定一的說法，都華央目瞪口呆。「你說得很對吔！」

「是吧？」

「不愧是業務！」

單定一大笑。「這跟業務有什麼關係啊！」

後來他們又聊了其他話題，意外發現彼此興趣喜好都差不多，對於一些事物的想法也相去不遠，加上同鄉，更是親上加親。

也就是從那一次開始，兩人見面頻率雖然不高，不過聯絡次數卻變多，她更是慶幸自己當時有留下聯絡方式給單定一。

人就是需要紅粉知己或是青衫之交，不管有無另一半都需要。

我想這句話在年輕的時候是無法認同，又或是在有另一半時也會覺得是邪門歪道。

請注意，這並不是鼓勵大家和異性的交往變得模糊，因為這是很難拿捏的一種藝術，有時候弄巧成拙，還會把小三或是小王吸引過來。

所以說，這句話不是萬用藉口，而是真真實實地要劃清界線。

今天單說了一個很有趣的理論，人生的每個階段都需要不同的人。

交往就該是兩個人一同攜手前進，一個人跑太快了或是走太慢了，下場都只是漸行漸遠；這時候距離一個不小心拉長了，身邊又出現一個能夠配合自己步調的人，那是否就是這段關係結束的時候了呢？

畢竟等一個人追上來太久，或是追一個走太遠的人，都是很辛苦的。

我要的你給不起，你給的不是我想要的。

聽起來很討厭，但深入去想卻是事實。

不是不愛，就只是走在不一樣的路了。

這樣想，我可能就會對綠色大門事件多少釋懷了一點。

雖然我依然不覺得前男友和前好友能攜手走多久，或許這就叫遷怒吧？

背叛了我，我希望他們能過得比我慘一點，一點就好，哪怕只有一點。

如果可以，我想讓前好友也感受到我的痛苦。

是否女人恨著女人，會比女人恨男人還要久呢？

有句話是這麼說的，女人何苦為難女人？

最終一直找女人麻煩的，都是女人吧！

晚上十點，都華央打完了今日心情，按下發送。

接著她點開臉書，找尋紀牧唯的塗鴉牆，看見了她跟良右的合照。

從那件事情到現在也過了四個月，這中間她們並不是沒聯絡，只是誰都沒提起那天的事情。

兩個人都想假裝沒發生過，卻無法真的假裝沒發生，這種彆扭的關係只會留下疙瘩。也因為這樣，紀牧唯更不可能主動提起自己和良右的事，都華央變得只能從臉書上知道紀牧唯現在的感情狀況。

但可以確認的是，他們並沒有交往，卻依然維持那樣的關係。

都華央甚至點進去看過良右的塗鴉牆，他的生活多采多姿得沒有了紀牧唯也沒關係。事實上，照片中標記良右的女生不計其數，每一張幾乎都是臉貼臉的合照。

而都華央也看得出來，良右狩獵的範圍很廣，有些就像是夜店妹一樣，濃妝、愛玩，有些看起來就是清純女孩。可笑的是，紀牧唯明明不是愛玩的女孩，但她的打扮卻和那些夜店咖一樣。

她試過要告訴紀牧唯這件事情，要她別再穿成那樣，紀牧唯卻反過來責備她不該給自己觸霉頭。

最後都華央明白，自己不想聽的東西，別人說破了嘴都沒有用。

她點開和紀牧唯通話隔天寫下的網誌，雖然想將這件事情原原本本地還原在網路上，但冷靜想想，雖是人氣永遠1的部落格，也是個公開平台。

最後出來的文章如下：

我看了美國脫口秀節目的一支影片，說到蕩婦的制服這件事情。

我並不否認女性有權力打扮成任何自己喜歡的模樣，而其他人也沒有權力批評妳的穿著。

可是，這社會還是有一定的潛規則，那段影片雖然以娛樂為主，同時卻代表了眾多男人的看法。

就像每個專業的行業都有一定的制服一般，我們不是也都會從一個人的外表來做出第一印象的判斷嗎？

例如濃妝豔抹、穿著暴露（注意，是暴露，不是清涼），我們會怎麼想像對方的個性？

並不是要評斷或是什麼，但當我們被別人這樣評斷時，除了生氣以外，是否也要想想，自己曾經下意識這樣評斷過別人？

話說回來，如果真的覺得穿著不重要，那為何面試時要白襯衫黑裙子？

為什麼女性要去翻閱服裝雜誌，為何要在約會前左思右想該穿怎樣的衣服？不都是為了留下好印象嗎？

適當的場合穿著適當的衣服，這一點在好幾個月前的同學會上我已經體驗過。紀自己也說過物以類聚這句話。

那把自己外表打扮得像是愛玩的人，是不是也會吸引到愛玩的人呢？

都華央嘆氣，將電腦關機，爬到床上睡覺。

你永遠無法干涉朋友的，是她的感情。

隔天一早，都華央一來到公司便發現氣氛不太對勁，好像瀰漫著一種緊張的感覺，喬云今天的妝容更完整，還罕見地穿上了有跟的娃娃鞋，連絲襪都穿了。

「今天怎麼……」都華央才走到櫃檯跟她搭話，對方馬上比了個噓，朝她擠眉弄眼，揮著手要她快進辦公室。

都華央皺眉，雖然搞不清楚，但還是往辦公室裡頭走。怪了，現在不過八點五十五，離上班時間還有五分鐘，更別說現在多了緩衝十分鐘，平時還有人來打卡後才下去買早餐，今天怎麼大家都坐在位子上，而且已經在處理公事了？

「喂，還慢吞吞啊。」當她經過企劃部時，聽見郡凱的氣音。

怎麼連他也這樣呀？

「怎麼了？」都華央問，郡凱立刻比了個噓，手往樓上指著。

「小聲點，大頭回來了。」

一開始她還聽不懂，但馬上會意過來是董事長回來了，那位「王先生」。

「有什麼好怕的嗎？」記得大家都說董事長不可怕。

郡凱又比了個噓，揮手要她快點上去辦公室。

「華央，走吧。」忽然，溫立言出現在後頭，手拿公事包，看樣子也是剛到公司，雖然如往常面帶微笑，卻看得出來些微警戒。

都華央跟在溫立言身後，觀察各個辦公室的人，有些一進來便戰戰兢兢，更多的是開始工作。

他們踩上樓梯，經過董事長辦公室門口時，隱約可以聽到裡面人在說話。下一秒，對方忽然吼起來，嚇了都華央一跳，整個人震了下。

溫立言回頭對她微笑，嘴形說著「沒事」，並指著她腳上的高跟鞋，要她腳步放輕。搞不清楚狀況，但看來董事長心情不是很好，都華央也就小心翼翼地繼續跟著溫立言走。

不一會兒，傅小雨也到了，瞪著圓眼指著董事長辦公室，溫立言點點頭，她立刻一語不發地坐下開始辦公。連平常也要摸個一小時才會開始工作的傅小雨都這樣，著實讓都華央訝異。

結果一整個早上就像是在什麼集中營上班一樣，氣氛讓都華央想起考大學時的補習班，所有人埋頭苦幹，既沒聊天也沒太多走動。

好不容易捱到中午，都華央準備起身吃飯時，卻看見大家都還坐著。

「董事長通常大約十分才會從辦公室出來，所以大家會等到十分才吃飯，不過還是一樣一點半要回來上班，不，甚至要二十分就回來。」

視窗跳出傅小雨傳送的訊息。這也太誇張了吧！勞基法呢？

但想歸這麼想，都華央還是安安靜靜地坐在位子上繼續辦公。

十二點十分時，董事長辦公室的門準時打開，都華央看見一個穿西裝的男人走出來，往樓梯下方而去。踩著樓梯的腳步聲逐漸遠離，所有人豎起耳朵，直到聽到喬云說「董事長再見」的聲音後，全辦公室的人都吐了一口氣。

「好啦！吃飯啦！」接著一陣鬧哄哄的，大家恢復平時的模樣。

「妳第一次遇見董事長對吧？」傅小雨伸著懶腰。「平常沒這麼誇張啦，但今天董事長似乎不太高興，所以我們更要小心，一點點小事情就會被挑剔呢！」

「你們怎麼都知道董事長來了？」因為很多人幾乎是一進公司就嚴加戒備。

「當妳看到喬云妝容完整，腳上還穿高跟鞋的時候，就表示董事長在了。」傅小雨說董事長注重門面。

「那也要到公司才會知道董事長來了呀，可是今天大家彷彿早就知道一樣，就戰鬥位置呢！」

「喔喔，有些人會注意云云的大頭貼喔。」傅小雨拿出自己的手機，點開喬云的頭貼。「瞧，只要云云把頭貼換成雲，那就表示今天董事長來了。」她表示這是公司內大家都知道的祕密。

「那看來我也要加云云的LINE了。」都華央說。
這好像學生時代，老師一來的時候班上便會喊著老師來了，所有人立刻乖乖回到位子坐好，拿出課本假裝認真。
都華央這才第一次知道，原來出社會之後也會遇到一樣的事情，難怪人家都說學校就是社會的縮影。
「晚一點還得帶妳去給董事長認識。」溫立言走過來。「每一個新進員工董事長都要看過，才知道自己手下有些怎樣的人。」
「好。」
都華央有些不安，溫立言注意到了。「放心，沒事的，行政助理和董事長不太有直接交集。」
「除了主管外，大概就是云云跟董事長最有接觸了。」傅小雨又伸了懶腰。
午飯過後，大家最關心的事情便是董事長下午還會不會進公司。喬云表明董事長還會回來，所有人唉了聲。
「運氣不好，董事長心情差，不然平常董事長在也沒有差別。」傅小雨皺著眉頭。「妳知道他上一次心情不好的時候，我只不過是在咖啡廳裡面走路比較大聲，就被正在開會的董事長衝出來罵呢！」

都華央可以想像那個畫面。

「總之，小心為上。」她叮嚀著。

一切似乎相安無事，時間來到快下班前的一小時，溫立言開完會後走回辦公室，輕敲都華央桌面，要帶她去認識董事長。

都華央拉拉裙子，整理一下頭髮，趕緊跟在溫立言身後。

「放心，董事長頂多問問妳上班上得怎麼樣，大概就這樣的問題，不會超過幾分鐘。」溫立言想消除她的緊張。

不過沒什麼用。「好。」

站在檀木大門前，都華央深吸口氣，溫立言敲了兩下，裡頭僅是「嗯」了聲，溫立言便推開門。「董事長，打擾一下，這是我們部門新人。」

其實已經不新了，都華央心想。

董事長辦公室大概是兩間大會議室的大小，一旁還有餐桌、吧檯以及獨立廁所，辦公桌前方有張桌子和六張單人座椅，眼前的董事長背對著窗，些微逆光。

「做什麼的？」董事長的聲音很低沉。

視線習慣後，都華央才看清楚他的臉，是個約莫五十出頭的男人，長得雖不嚴肅，但卻輕皺著眉看著桌上的文件。

「是管理部的行政助理。」溫立言側頭看著都華央輕輕微笑。

「來多久了？」董事長依舊沒抬頭，在文件上簽名後又拿起另一份文件閱讀。

「半年了。」

「嗯。」董事長的眉頭皺得更緊，按下一旁電話的按鈕。

喬云的聲音從另一邊擴音發出。「董事長好！」

「廣告部的業績怎麼回事？叫經理上來。」

「是的。」喬云聽起來不慌不忙，看樣子很習慣董事長的脾氣。頓時都華央對喬云的尊敬升高了許多。

溫立言和都華央偷偷對看一眼，看樣子來得不是時候，董事長正在氣頭上。

「那董事長，我們就先——」溫立言原想找機會開溜，都華央也鬆一口氣的時候，看起來都沒在聽的董事長卻喊住他們。

「叫什麼名字？」

溫立言看著都華央，用眼神暗示她上前自我介紹。

「董事長您好，我叫都華央。」雖然董事長沒在看，她還是鞠了躬。

「都華央？」這是董事長第一次抬起頭，像是想起什麼。「都小姐。」

都華央一驚，好久之前她接過董事長的電話，還問他是哪位王先生。

「是的……」

溫立言不明所以，正巧這時候廣告部的經理敲了門，都華央連忙往後退一小步。廣告部經理臉色像個做錯事的小孩一樣。

「上個月的業績怎麼會掉這麼多？」董事長將注意力移往經理身上。

「一家廠商臨時反悔，導致……」

「反悔？那違約金呢？」

「呃……那時候還沒簽約……」

「怎麼會還沒有簽約？怎麼能讓他們有反悔時間？有沒有先報價啊？」董事長大聲問。

都華央嚇了一跳，溫立言恭敬的表情下帶著些微尷尬。如果可以，他還真不想聽見同事被董事長咆哮，卻無法避免。

最後在董事長唸了幾分鐘、廣告部經理滿頭大汗的情況下，溫立言終於找到一個空檔插嘴，說要帶著新人先離開辦公室。

董事長應允了，兩人鬆了一口氣，都華央只想快點離開這窒息之處。但在開門前一秒，董事長忽然叫住她。

「三天後飛上海，五位，都小姐。」

都華央轉過頭，睜圓眼睛想確定自己是不是聽錯了，只差沒發出一聲「啊」。但是董事長沒看她，目光依舊鎖定在文件上，廣告部經理則是低著頭。

溫立言輕輕咳了一聲，都華央回神，只能回應。「是，我知道了。」

離開辦公室後，溫立言皺眉看著她問：「董事長怎麼會要妳幫他訂機票？」

「我也想問啊！」都華央下意識回答，又驚覺這樣不太禮貌。「我是說，我也不知道。」

「用妳平常的方式講話就好了。」沒想到溫立言這樣回應。「面對董事長已經膽顫心驚了，面對我就放輕鬆吧，我可不想當個讓人害怕的主管。」

都華央對上他溫柔的眼神，一時間心頭有些小鹿亂撞，但下一秒馬上聽見董事長辦公室再次傳來咆哮，兩人面面相覷，只能放輕腳步快快離開這地方。

原本要回辦公室，但溫立言卻在樓梯處停下，指了指下方後才走下去。都華央想了下他的意思，直到對方在樓梯中央回過頭看她，都華央才跟著往下。

兩人來到咖啡廳，經過企劃部時，裡頭正忙成一團。廣告部若遭殃，下一個就輪到企劃部，都華央難得看見總是吊兒郎當的郡凱一副緊張的模樣。

「妳之前有接過董事長電話嗎？」來到咖啡廳後，溫立言開口。

「嗯，剛來沒多久的時候，副理正好不在位子上，所以我接起來。那時候不知道他是誰，董事長只說自己是王先生，所以我就問他是哪位王先生……」

話到此處，溫立言一手摀住自己的額頭，頭微微往後仰。「我的錯。」

都華央搖頭。「那是我的工作。」

「這就難怪董事長為什麼要妳訂機票了，運氣不好，正巧遇上他心情不佳。」溫立言走到咖啡機旁，裡頭的黑咖啡還滿得很，看樣子今天也沒什麼人來喝咖啡。

「是因為這件事情的關係嗎？」那時候傅小雨還說沒事呢！

「其實也還好，他通常都坐同一家航空公司，正常都是祕書在處理，但喬云也有幫忙訂過，妳可以去問問她，一點點小事情而已。」溫立言喝下咖啡，看著窗戶外面。

都華央咬著下唇。別說出國了，她連航空公司的網站都沒進去過，怎麼會知道怎麼弄呢？

不過網路這麼方便，大概就像訂電影票一樣吧，選好時間按確定就可以了。

「沒事，別擔心。」溫立言對她微笑，都華央覺得好像踩在軟綿綿的棉花糖上一樣的飄飄然。

後來她的確問了喬云，對方在驚訝居然要她訂機票之餘，也給了很多建議，甚至幫忙看好了航班時間，直接給了航班號碼要她先抓位。

「如果可以的話，我也想幫妳用，但列印上面會有員工編號。既然是董事長指定妳做的事情，我就只能幫到這兒嘍，當然妳還有其他問題再問我沒關係。」

「謝謝妳，這樣就夠了，幫了我很大的忙。」

都華央來到航空公司網站上瀏覽，很容易就找到喬云跟她說的航班，於是她點下網路訂票，一切都很順利，一路來到最後填寫信用卡的地方。

她又去電問了喬云該怎麼辦，喬云給了她董事長的信用卡卡號，還有董事長護照上的英文名字，再來便是其他一些瑣碎的資料。

總之前後花不到三十分鐘，電子機票已經熱騰騰地從影印機列印出來。雖然不是什麼大事情，但都華央還是有滿滿成就感。

當她拿著電子機票準備進入辦公室時，董事長臉色凝重地開門出來。差點撞上董事長，都華央立刻往後退，趕緊道歉。

「我有要妳開票了嗎?!」忽然間，董事長就是大吼，全辦公室的人都聽見了，有些人偷偷往這邊看，又立刻縮回頭去。

「咦？董事長不是說五張去上海……」

「我有要妳開票了嗎?!」董事長重複大吼。他手上的手機螢幕有著信用卡公司傳來的簡訊，顯示剛刷了六萬多塊的機票費用。

「但、但是……」

「怎麼辦事情的？航班時間、出發時間還有座位艙等都不用先跟我確認？」董事長依舊朝她大吼。

都華央慌張地捏緊手中的機票，不知道該怎麼辦。她哪裡做錯了嗎？剛才不是說三天後飛上海嗎？她還跟喬云確認過董事長的習慣，怎麼會有問題呢？

都華央覺得眼眶模糊，但忍住不能哭，溫立言從辦公室著急地走出來，站到旁邊對董事長鞠躬。

「董事長，很抱歉，我們現在會立刻處理。」

「溫副理，現在你的教法就是下屬做任何事情不用先確認？憑他們自己以為的方式做就行了？」

結果炮火轉向溫立言。

辦公室所有人都繼續忙著自己的事情，誰都不想蹚渾水。

事件的最終落幕只能是他們不斷道歉，而董事長氣呼呼地回到辦公室裡。都華央成功地忍住沒讓眼淚滴下，但結束後，她立刻跑到廁所去擦乾眼淚。

她看著手中捏爛的電子機票，要走出洗手間時聽見了喬云說「董事長再見」的聲音，趕緊又躲進廁所內。

待電梯關門聲後十秒，才小心翼翼地走出洗手間。

她看見電梯前有許多同事，他們大聲笑說終於可以下班，有幾個人甚至模仿剛才董事長生氣的模樣，就像是以前學生也會模仿老師一樣。

喬云在櫃檯前焦急來回走著，看見都華央回來，立刻上前慰問。

「妳沒事吧？董事長的聲音好大。他不是說要開票嗎？怎麼又反悔？」

「我也不知道，他說五張飛上海呀……以前也這樣過嗎？」

「那不是要開票的意思，那只是要抓位，董事長必須說『開票』才是真正地要開。不過以前也發生過他說了開票後又要改的情形……但好在那幾次我都是請旅行社代訂，所以還沒開票。」喬云小心翼翼地看著都華央。「不過董事長也沒必要這麼生氣啊，總是有解決方法的，只是可能要付一點點手續費……然後那些手續費可能就會是薪水的一半……因為是商務艙啊，而且又是五張。」

都華央簡直晴天霹靂，怎麼回到辦公室的都不知道。企劃部和廣告部還在會議室裡開會，而她在樓梯上和傅小雨擦身而過。

傅小雨只是拍拍她的肩膀，說自己有事情先閃了，明天再一起幫她想辦法。

當然這是她自己犯的錯，傅小雨沒必要幫她什麼忙，只是在這種時候，希望她演點戲也好，至少停下來關心她幾句吧？

回到辦公室，溫立言正在和客戶講電話，對方看見自己哭過的臉後些微愣住，眼神雖沒移開，卻繼續和客戶說著嚴肅的內容。

茫然地面對著螢幕，都華央不知道該怎麼做。總之，先打電話給客服人員吧。

她查了號碼，正準備拿起電話的時候，溫立言拉開一旁傅小雨的位子坐了下來。「沒事吧？」

「啊……抱歉，副理，讓你也跟著挨罵了。」

溫立言搖頭。「我是妳的主管，這本來就是我該做的。」

「但是是我的錯。」

「妳的錯等於我的錯。」溫立言笑了笑。「總之，我們先退票吧。」

「副理，我自己來就好了，是我捅的婁子。」

溫立言聽了哈哈大笑起來。「妳跟傅小雨還真是不一樣，上次她出錯時，苦苦哀求我們幫她的忙。」

都華央扯扯嘴角。她也很想要有人幫忙，但因為自己的錯而要人善後，她覺得不太對。

「多依賴我一點吧！」溫立言揉了揉她的頭髮，一瞬間，都華央的心跳得飛快。「我有認識的人在這家航空，我來問問看吧。」

溫立言拿起放在都華央桌上那被揉得皺巴巴的電子機票，走回位子上打了電話。「喂，是我，問一件事情，機票……」

他說話的語調、方式都和公司辦公不一樣，也許電話那頭是溫立言熟識的朋友，忽然間，都華央覺得自己和溫立言離得很遠，就算每天見面，也不過是上司下屬的關係。

掛掉電話後，溫立言再次走到都華央旁邊。

「妳工作都做完了吧？還不下班？」

「但是機票還沒……」

「我請我朋友幫忙了，暫時等對方消息。」溫立言看了手錶。「妳在這邊乾著急也沒有用，七點半了，要不要去吃點什麼？」

「咦？」都華央沒想到會收到如此邀約，張大嘴的模樣有些愚蠢，惹得溫立言笑了。

「總是要吃飯吧？希望妳不要嚇到明天就遞辭呈了。」

「我、我才不會呢！」都華央紅著臉。

「我知道。」溫立言的笑容很溫柔。「那就走吧。」

「等、等我一下。」她立刻關掉電腦，拿起包包跟外套，離開辦公室。

溫立言領著她來到距離公司不遠，但她從沒來過的巷子。這裡像是住宅巷弄，但轉個彎，卻有一間串燒店。

「有時加班晚了，我就會來這邊吃，它八點以後才營業。」溫立言一邊介紹一邊拉開布簾，店員用不流利的日文說著「いらっしゃいませ」（歡迎光臨）。

「嘿，溫先生，今天帶女朋友啊？」吧檯裡的人頭上綁著頭巾，身穿類似日本浴衣的服裝，手上拿著許多酒杯。

「是我公司同事。」溫立言說。

都華央覺得臉上更紅了。

這表示自己是溫立言第一個帶來的女孩。

但她立刻甩頭，現在不是在心裡想這種事情的時候，她該擔心機票的事情，而不是小鹿亂撞。

溫立言問了都華央有什麼不吃，她搖頭以後，溫立言則連菜單都不看就和老闆點了一堆菜。

店面說大不大、說小不小，大多都是貼著吧檯的位置，只有兩桌可以容納約四個人，店內燈光昏暗，牆上貼有許多日本啤酒海報。

「別太擔心了，會解決的。」溫立言看出都華央的擔心，自然地拍拍她的肩膀。「再嚴重的事情我都遇過，這點小事就別操心了。」
「副理，你的朋友什麼時候會有答覆呢？我真的不需要先跟客服聯繫？」
「很快就會有了，妳就先把這串吃掉吧。」他將烤雞肉串遞到都華央面前，她才忽然發現，自己和溫立言坐得很近。
「謝、謝謝。」都華央不自在地將頭髮順到耳後，接過那串雞肉，猶豫著該怎麼吃才比較有女人味。
小口小口或是一口吃掉？怎樣看起來比較好？
她希望自己在溫立言眼中的形象，能夠完美一些。
「我想起妳履歷是寫屏東人，所以妳一個人住台北？」
「對，我從大學就在台北了。」
「會不會很辛苦？」
「不會，我習慣了。」
「妳挺獨立的。」溫立言笑。
都華央也回以微笑。「但我想可以做得更好。」
「何必要求十全十美？」

「副理，你不會覺得行政助理是個不上不下的工作嗎？」

溫立言打趣地看著她。「面試時妳就沒想過這樣的問題，不是嗎？」

都華央噤聲，猶豫一下又說：「面試時有面試時的說法，副理也知道吧。」

「當然，妳知道我那天面試了多少人嗎？所有人都表現得很積極，只有妳好像有沒有這份工作都無所謂。明明表現得這麼明顯，卻又能帶著笑容說完一連串假話。」一想到那時候的都華央，和眼前因為被責罵而哭泣的她相比，溫立言覺得十分有趣。

「這、我當時只是……」

只是懶、只是想重新開始、只是想逃離綠色大門。

「不上不下……也許對大多數的人來說，行政助理的確是個這樣的工作，就好像總機一樣，這些位置永遠都會是剛畢業的人擔任。」溫立言看著她。「所以妳著急什麼呢？就慢慢來吧。」

慢慢來，總會找到妳的路。

紀牧唯也這樣說過。

所以都華央在這個時候，忽然格外想念起那個與她暫時有了隔閡的朋友。

「在想什麼？」發現了都華央的遲疑，溫立言舉起手在她眼前晃了晃。

「我只是想到一個朋友。」

「男朋友？」

「才不是！」

「哈哈，這麼激動。」溫立言又笑了。

都華央喜歡這樣的笑聲。

這一頓晚餐對都華央來說好像一場夢，明明心情是沮喪與擔憂，卻因為溫立言的關係，令她覺得飄飄然的。

要不是出錯，那她不會有和溫立言單獨用餐的機會。

可是她不想出錯，但又想和溫立言……唉，她也不明白自己究竟想要怎樣了。

不過和溫立言的這一餐，卻有了額外的收穫，就是想起和紀牧唯的友情。

怎麼樣會和一個朋友形同陌路呢？

時間、際遇、誤會？

她和紀牧唯又算是什麼呢？她們會就這樣一直慢慢分開，直到某天忽然想起：「啊，我曾經跟她很要好過。」這樣嗎？

都華央可不希望，非常不希望。

我可以不喜歡她的情人，可以不喜歡她的戀愛方式，可以不喜歡她對感情的態度。

但我不可以否定她的人。

她的一切，不就是最原始的她嗎？

為什麼我們對男人可以無條件付出愛？

我喜歡他，他不喜歡我沒關係。

但在朋友這方面，我們卻很嚴苛呢？

我是為了妳好啊，我覺得他不適合妳啊，為什麼妳都不聽我的話呢？

我們總是會在意這一些。

我們要求朋友回報相等的友情，同時必須聽從我們的意見並接受。

但友情，卻不該如此。
我想，我們都要主動打電話給她，並且告訴她。
我尊重妳的決定，雖然我不贊成，但我尊重。
另外，不論是喜是憂，我都會在這裡。

在溫立言去洗手間時，都華央用手機打完了這一篇心情，按下發送，發布時間是十點。

她拿起錢包到櫃檯付帳。今日因為自己沒有Double check的關係，才會讓身為主管的溫立言在這麼多人面前被董事長臭罵，這很沒面子啊，但是當時溫立言挺身而出的模樣，就算這是身為一個上司該做的事情好了，都華央依然很感動。

當她付完帳回到位子上時，溫立言正巧也從洗手間出來。

「妳付了？」

她點頭。「算是我的小小賠罪。」

「賠什麼罪啊，不是說了，那是我該做的。」

「不管是不是副理的責任，我都要說謝謝。」都華央的堅持讓溫立言沒辦法。

「好吧，那有一點我可不退讓。」溫立言瞇起眼。
「什麼？」
「讓我送妳回家，這一點總可以了吧？」
「沒關係啦，我搭捷運就好了，而且還很早。」
「不早了，外面天是黑的呢。」溫立言還會耍嘴皮子呢，他拿起公事包推開門，向老闆說再見。「我們走嘍。」
「把女朋友安全送到家呢！」櫃檯老闆還比了個讚。
都說不是女朋友了，這個老闆怎麼說不聽啊。
但意外的是，溫立言居然沒有否認，只是微笑點頭後離開。
溫立言的車是休旅車，裡頭有著清新香味，車裡也乾淨無比。
這還是都華央第一次坐男人的車。
不，單定一才是第一個，上次吃完飯後，他送她回家。
可是跟溫立言不一樣，單定一是朋友。
那溫立言呢，不就是上司嗎？
但還是有點不同。哪裡不同，都華央實在不想承認。

「妳家在這裡嗎？」溫立言將車子靠向路邊，視線從前方的擋風玻璃往上看。居然不知不覺已經到家了，她解開安全帶。「對，謝謝副理。」

溫立言也跟著下車。「我送妳到門口，然後等妳到家後，從窗戶出來跟我揮個手，或是打個電話讓我知道妳平安到家。」

「為什麼呢？」

都華央天真的問題讓溫立言又笑起來。「妳笨啊，沒看過社會新聞？有些人會躲在樓梯間，趁妳在開門時……」

「真的假的？」都華央嚇到。這棟公寓的樓梯的確很陰暗，電燈好像也都壞了，看來下次她要提醒一下莫云語。

「所以啦，記得到家說一聲。」溫立言揉了揉她的頭髮。這親暱的舉動頓時讓都華央愣了下，溫立言的手也停下。

兩個人尷尬起來，尤其她的臉又紅了。

這時，溫立言的口袋裡傳來手機鈴聲，兩個人立刻分開，溫立言尷尬地接起手機，而都華央兩手覆蓋在臉頰邊。

果然很燙。

她偷偷側過臉偷看溫立言的背影。

雖然經歷過綠色大門事件，但她依然相信愛情，也相信自己能再談戀愛。

一開始她有些抗拒，可是今天一頓晚餐下來，她也該承認了，她喜歡溫立言。

只是她從沒想過會喜歡上自己的上司，更別說對方大了自己十歲。

可是說溫立言是二十幾歲也會有人相信，況且他散發出的感覺，是她從未遇過的，沒有前男友的書卷氣息，沒有郡凱的油條，沒有單定一的熟稔。

那就是一個男人，會讓她心動、會吸引她的神祕男人。

「真的嗎？那真是太好了，我知道，好，那我到家再說！」溫立言的聲音很興奮。掛掉電話後，他看著都華央。「妳猜。」

「猜什麼？」都華央還有些茫然。

「好消息。」

看著溫立言振奮的表情，她猛然瞪大眼。「不會吧！是我想的那樣嗎？」

「我朋友搞定了，機票退掉，而且不用手續費。」溫立言有點像在邀功，抬起下巴，像個孩子。

而都華央的反應更像孩子。她開心地尖叫，並且撲上溫立言抱住他，興奮地喊著：「天啊、天啊、天啊！謝謝你，副理！」

接著居然又哭了起來，但這一次是喜悅的眼淚。

「好好好，乖。」溫立言雖然被這舉動嚇到，卻拍著她的後腦杓安撫著。

都華央在腦中想著，原本可能將近一萬塊的手續費，溫立言只要打一通電話便解決了。他有車、職位高、人脈廣、能力強，他和前男友全都不一樣，身上散發著的不是男孩氣息，而是男人味。

這個瞬間，她整個人都茫了。

當她抬起頭，對上溫立言的雙眼，那份溫柔如水波般蕩漾，在月明星稀的夜晚，這一切顯得如此美好。

四唇交疊的時刻，彷彿一切都遠離了。

都華央躺在床上放空，腦中還回想著剛剛在樓下與溫立言的那個吻。

天啊！她居然和溫立言接吻了！

想到這裡，她就忍不住在床上滾動，興奮得像是第一次談戀愛般的少女。她摸著自己的唇，像白痴一樣地笑起來。

電話鈴聲響起，都華央立刻跳下床接起電話，嬌滴滴地說了「喂」。

「妳聲音怎麼了？」單定一在電話那頭大笑起來。「幹嘛，在做什麼？」

「是你喔。」都華央恢復平板的聲音。

「也差太多了吧！」

「怎麼了？」

「跟妳要信箱帳號，我把照片放到雲端上，妳自己去抓。」

「什麼照片？」她根本沒和他合照過啊。

「白痴喔，就上次同學不是有大合照？不知道為什麼我這邊還滿多人的照片，總之我全部拉到共用裡面，記得來抓。」單定一的聲音很慵懶。

「喔，好啦。」說完自己的帳號，聽到單定一嘆了一口氣，她問他怎麼了。

「好了，妳幹嘛啊？感覺有點奇怪喔。」

「果然聽得出來是吧？」都華央等他問很久了。「我想要問你啦，看看你們男生是什麼想法。」

「談戀愛了喔？」

「唉唷，不是啦。」都華央將一整天的事情告訴他，包括了溫立言的挺身而出以及那個吻，還有一直以來她覺得他與眾不同的事情。

「你覺得怎麼樣？」說完後，她緊張地詢問。

「我沒覺得怎樣啊，妳不是喜歡嗎？」單定一的聲音依然懶洋洋的，聽起來甚至像快睡著。

「我是問你感想啊！」

「我的感想喔，就恭喜妳啊，三十幾歲有車有職位，妳該問問他有沒有房子，還有是不是跟爸媽住。」他說完還笑了起來，覺得自己很幽默。

「不需要講到那麼遠。」雖然他看不見，但都華央還是翻了白眼。

「我現在講真的啊，要跟一個三十幾歲的男人交往，就必須要做好他會想結婚的心理準備。」

「都還沒有交往，講那麼遠幹什麼？」結婚什麼的實在太早。

「對妳來講還早，對他來講不早。」

「單定一，鬼打牆喔現在。」

「好啦，所以咧，妳要問的是？」

「感想啊！」又回到一開始，都華央開始覺得這通電話很累人。

「我覺得妳只是被他的外在——我不是指外表，我是說一種社會地位所吸引。」單定一頓了頓。「這讓我想到剛畢業的時候，第一份工作認識的前輩業績長紅，年收入幾百萬的，剛繳了房子的頭期款，還買了二手車，身邊沒有固定女伴，卻很會享受生活，我那時候超羨慕的啊！」

都華央試著想像那個情景，就好像自己曾經漫無目的地站在住家樓下，看著人來人往的上班族，內心衍生出的羨慕。

「不過仔細想想，如果把人生比喻成一座山，總是有分剛開始爬的、爬到一半的、已經攻頂的、爬完山準備回家的。」

「嗯。」都華央應聲。

「我們剛開始爬的，聽到從山頂傳來的吶喊，不自覺會覺得很羨慕啊，想像自己有一天也會這樣。可是爬山的過程遠比我們想像的還要辛苦，累了停下腳步，覺得怎麼前面的路還好長，更加憧憬走過這一切的前人。

「但是我們後面也有許多人啊，有的人甚至才剛開始準備工具。我們也是從那個地方慢慢起步，所以妳懂我的意思嗎？」

「你很會做比喻，也許可以去兼職個為小朋友說故事的那種工作。」都華央誠心地建議。

「我的意思是說，妳是不是真的喜歡副理有待商榷，因為妳身邊沒有他這樣的成熟男人。妳才剛畢業，身邊的男生不是當兵就是還在念書吧，所以妳會被從未見過的類型所吸引。」

「這麼說，我們也同年，你卻當到襄理了。」都華央這下才發現不對勁之處。

「喔，妳也發現得太慢了吧！」單定一故作沮喪。「我沒有念大學啊，成年就開始上班了，所以嚴格說起來，我比同年的人早四年步入社會。」

「我好尊敬你喔！」都華央誠摯地說，唯有自己也出社會了，才會知道有多不容易。「那你認為，我對副理的感覺只是新鮮感？」

「也可以這麼說，就像妳對副理來說也是一個新鮮的角色，他在職場上打混這麼久，應該很久沒遇到像妳這樣的清純女生吧，會因為一個吻就高興得要命。」

「這我不同意，不管幾歲，都還是會為真心喜歡的人的吻而心動吧！」

單定一笑了聲，不知道是同意還是否定。「不討論這個。」

「那你是要討論什麼？」現實像一桶冷水般澆了都華央一身。

「一整個聽下來，我不知道哪個點讓妳喜歡上他。要說他挺身而出，那是他的責任啊，下屬的錯誤就是上司的錯，不是嗎？而且他只是打了通電話，厲害的是他朋友吧？不過有一件事，我卻覺得很怪……」話筒傳來翻開棉被的聲音。「他為什麼要親妳？」

「這、這不是因為喜歡我嗎？」

單定一又笑了，這一次聽得出來是嘲笑。「我知道妳蠢，但沒想到這麼蠢。接吻不就是兩塊肉互碰？這需要有感情基礎才能做嗎？」

都華央聽了皺起眉頭。「聽起來你好像常常和人接吻一樣。所以你不帶感情也能做這樣的事情？」

「如果妳是我要追的女生，我絕對會否認，但現在妳是我朋友啊，我必須告訴妳大部分男人心裡到底在想什麼——是的，就算沒有任何感情基礎，也可以做任何情侶才能做的事情。」

傅小雨說過，要了解一個男人，不能當他的情人，要當他的朋友。

這下子，還真的印證了。

「但我相信副理不一樣。」

單定一哈了一聲。「對，這又是另一個迷思了。女人永遠認為這一個男人不一樣，也永遠認為自己可以改變一個男人。事實上，根本不可能。」

這些話都華央也明白是事實，卻非常不爽。

「你——」她想對單定一發脾氣，但忽然閃過一個畫面。

當時，紀牧唯興沖沖地問著她對良右的看法時，她一樣講出了許多事實，也惹了紀牧唯生氣。

啊，難怪紀牧唯會生氣了，因為那是自己喜歡的人啊，誰有辦法容忍別人說喜歡的人的壞話呢？

「妳想反駁嗎？」單定一等著。

「你變得真多。」

「蛤？」

「國中的你看起來是好孩子，現在卻像壞男人一樣。」

「哈哈哈，這是必然的。」單定一吐了口氣。「我祝福妳啦，希望這個副理是好男人。」

都華央失笑。「你是說最適合我的男人，現階段，是吧？」

「有學起來喔！」單定一笑著。

P.S.

速食愛情裡頭依然有真愛。

我依然相信。

就算經歷了綠色大門事件，就算有著背叛。

但我相信愛情。

即便單今天說了男人的真面目，而我潛意識也認同，但我還是會相信，有些人會不一樣。

都華央在睡前補上這段P.S.到網誌上，慣性看了下今日人氣，居然顯示為3。

茫茫網海中，還是有人點到了毛毛蟲小姐。

感想大概就是，這是個無趣的部落格，充滿了像是抱怨的日記。

Chapter 7

因為喜歡的人喜歡自己。
她又再一次遇到了，
這樣閃閃發亮的世界。

翌日，都華央深吸了好幾口氣，才刷了門禁卡。喬云正擦著櫃檯桌子，一看見她便急匆匆過來。「今天好點沒？昨天事情有解決嗎？」

她卻注意到喬云腳上的平底鞋。「董事長今天不會進來了？」

「喔，聰明唷，已經懂得看我的穿著打扮來推敲董事長行程了。」喬云讚賞地眨眼。「臨時又飛日本啦，大老闆都這樣子，來來去去，行蹤宛如風一般。」

「日本？不是上海？」她瞪大眼睛。

「習慣就好，董事長喜歡變來變去，昨天剛好遇到他心情不好。」喬云拍拍她的肩膀。「票務最後處理好了嗎？」

都華央點頭。「溫副理有認識的朋友，所以連手續費也免了。」

「哇，那就好。總之虛驚一場啦，妳應該嚇死了吧？」

「溫副理他……」

「怎麼了？」見都華央停頓，喬云問。

想了想，最後還是搖頭作罷。「沒什麼，那我先上去嘍。」

因為昨天的吻，她有些睡不著，或許是單定一的話也有影響吧？所以她很早就出門，幾乎是樓上最早到的。都華央打開電腦，一整個心神不寧，只要有人踩著樓梯上來，她便會抬頭看是不是溫立言。

「早安啊！」一會兒，傅小雨也到了，打開電腦邊瀏覽著新聞邊吃早餐，完全沒有詢問關於昨天的事情。

也罷。

只是傅小雨一開始明明看起來是很好相處的人，怎麼會現在變得猜不透她呢？

除了八卦之外，傅小雨似乎不在意任何事情。

「早。」

在她還在想這些有的沒有的事情時，溫立言到了，讓都華央整個人一震。

「副理早安。」傅小雨的眼睛沒離開螢幕。

「早、早安。」都華央不敢抬頭。

她幾乎可以聽見溫立言的輕笑聲，走過身邊的腳步聲，還有他拉開椅子的聲音。她偷偷抬頭往溫立言的方向看去，而他也正巧對上自己的眼睛。

她立刻移開眼神，覺得害羞得要命，不過再次偷偷看過去，溫立言依然看著她，溫柔微笑著。

喔，都要融化了。

因為董事長不在，因為機票解決，因為昨天和溫立言更進一步了。

都華央又偷偷看了他一眼，只要對上眼睛，溫立言就會對她展露笑容。

因為、因為喜歡的人喜歡自己。

都華央又再一次遇到了，這樣閃閃發亮的世界。

「所以說啊，我這邊有電影票，就一起去看嘛！」郡凱從中午就一直纏著都華央到現在。

「我今天有事啦。」都華央委婉拒絕了好多次。

「這電影票時間有一個禮拜，總不可能妳一個禮拜都有事情吧！」郡凱依舊不放棄。

「可是我——」

「她在拒絕你啦，你聽不懂喔？」傅小雨在一旁幸災樂禍。

「是這樣嗎？」郡凱故意問，明知道都華央說不出真正拒絕的話。

「那個……」

「如果不是的話，就找一天一起看啊！」郡凱不死心。

「可是……」都華央看著傅小雨求救，但傅小雨只想看好戲。最終都華央只能嘆氣，伸手準備接過電影票。

「她這禮拜都要加班。」溫立言忽然從後方出現，拿起郡凱的電影票，問：「這部我也有興趣，不然我們一起看吧？」

「呃……溫副理，我想起我已經跟人家約好要去看了。」郡凱抽回電影票，尷尬地笑著快步溜走。

「哈哈哈，副理你幹嘛啦，正精采吔。」傅小雨捧著肚子。

溫立言斜眼看她。「同一個部門的同事，妳也幫華央一下。」

「華央也要學著怎麼拒絕人吧？」傅小雨不以為然地聳肩。「還是說妳覺得這樣迷糊蛋的表現很可愛？」

「並沒有。」都華央握緊拳頭。

「那就算啦，時間到了，下班！」傅小雨收拾桌面，揹起包包就離開。

都華央看著傅小雨離去的背影，一肚子氣。明著暗著，傅小雨總損著自己。

「副理，我要做什麼事情嗎？」她走到溫立言桌子前面。

「什麼事情？」

「剛不是說要加班？」

「喔，那個啊？」溫立言失笑。「我騙他的。」

「騙他？」

「難道妳想跟他去看電影？」

「當然沒有。」都華央連忙否認。他又笑了。

「那，妳願意跟我去看電影嗎？」

溫立言的邀約讓都華央心花怒放，立刻點頭。

坐在溫立言的副駕駛座上，他們到了另一區的電影院。溫立言相當紳士，幫她拿爆米花和飲料，連電影票錢也不讓她出。

整部電影期間，都華央一直在意著一旁的溫立言，根本沒心思注意演了些什麼，溫立言每動一次身體，或是呼吸還是大笑，都讓她繃緊神經。

最後，甚至在散場時，溫立言牽起了她的手。

都華央紅著臉低著頭，就讓他牽著。

溫立言開車送她回家。他只送過她一次便記下路程。

在家門口說再見時，溫立言又再次靠向她。

都華央主動閉上眼睛，感受到他的睫毛輕輕蓋在自己眼瞼上。

雙唇分開時，溫立言還抱了她一下。

「我可以上去嗎？」

「什、什麼？」都華央瞪大眼睛。溫立言的臉好模糊，好暗，她看不清楚，只聽到自己怦怦的心跳聲，還有兩個人纏繞的氣息。

「我、我……」

「妳說過妳是一個人住吧？」溫立言捧著她的臉頰，親吻了另一邊。

「但是這樣不會……」

「不會怎樣？」

不會太快嗎？

她的話還沒說出口，再一次被溫立言的唇堵住。

那個瞬間，都華央覺得怎麼樣都算了，就這樣吧！

他的舌頭鑽進了她的嘴中，與她的舌交纏，他的手撫上她的臀，並繼續在背上游移。溫立言的腳似乎微微往她兩腿中間靠，讓都華央心中一緊。

他們這是要上床了嗎？在公眾場合如此親密，是她從未體驗過的。

她就要這樣子了嗎？可是他們在交往了嗎？不對，應該是確實交往了吧，那上床也沒關係了吧？

可是怎麼覺得很奇怪，不應該是這樣，應該要更穩定一點、交往更久一點……下一秒，綠色大門卻忽然出現在她眼前，都華央一愣，立刻推開溫立言。

「怎麼了？」溫立言疑惑。

「那個……副理，今天不太方便……」

「華央？妳回來了喔！手機都不接是怎樣？」單定一從她家樓下大門內邊發著牢騷邊走來。看見溫立言，他一愣。「啊……」

「你怎麼來了？」都華央嚇了一跳。

單定一有些尷尬。「我不能來喔？」

「沒關係，我要走了。華央，明天見。」溫立言微笑，轉身進到車內，倒車後轉動方向盤，往另一條巷子駛去。

「那個就是副理喔？挺年輕的。」單定一張望著。

「天啊，他會不會誤會了？你幹嘛這麼晚在我家等啦！」都華央打他。

「啊我媽就寄了很多妳家的蒜頭和地瓜來啊，還有一些芋頭跟青菜，我想說給妳一些。我不想要搬回家再搬來，才會順便過來，哪知道這麼巧啊！」

都華央沒好氣地看著他，想到剛才的事情又紅起臉來。「你等多久？」

「沒多久，我今天也加班，才剛過來五分鐘而已。」單定一露出賊笑。「沒有妨礙到你們吧？」

「正巧相反。」

「怎麼說？」

都華央將剛才的事情告訴他。聽完，單定一原本還露著打趣的笑，最後卻皺起眉毛。「他要上去喔？他知道妳一個人住嗎？」

「他知道。事實上，他剛剛還確認了一次。」

「妳知道那代表什麼意思嗎？」

「嗯，但也不完全是那樣對吧？也許他只是想上來喝杯飲料。」都華央解釋。

單定一看著手錶，食指在錶蓋上敲打著。「這個時間、剛吻完妳，妳是天真還是白痴？又不是國中生了，還真的上去喝飲料而已？不，現在就連國中生都知道不可能只有喝飲料吧？」

「你講到哪裡去了。」都華央瞪了他。

「我覺得有點奇怪。」單定一聳聳肩。「他有喜歡妳嗎？」

她怪叫。「都跟我看電影了！」

「小姐喔，不都說了，上床都不代表有愛了，看個電影又算什麼。」單定一兩手一攤。

「可是他今天還幫我拒絕別人的邀約欸。」

「那又怎樣啊，怪了，妳幹嘛一直找理由說服我，還是妳在說服自己？」

都華央一愣。單定一瞇起眼睛，拍拍她的頭。「好啦，他如果不說，妳自己主動跟他講不就好了？說妳喜歡他，快點確定好兩個人的關係吧！」

「喔……」

「學生時代的曖昧或許很美，但是出了社會以後，能不要曖昧就盡量不要曖昧啊——」單定一意味深長地說：「畢竟學生時期最大的本錢就是青春，但現在可不是了。」

「我還是很青春。」

「但還想浪費嗎？」

都華央搖頭。「我知道啦，我會主動問的。」

「那就好。對了，那些東西我已經放在妳家門口，累死我了，先閃嘍。」

「謝啦！」

「哈哈。」

在原地和單定一揮手，對方跨上一旁的一輛125，揮揮手騎著機車離開。

如果是單定一要求進房間，都華央一定不會拒絕。

原因很簡單，溫立言會要求自己回家必須到窗戶邊揮手，單定一卻不會那麼做。單定一是朋友，而溫立言是她喜歡的人。

只是在溫立言靠近自己的瞬間，她心中的那扇綠色大門又再一次浮現。

明明很久沒出現過了，但卻像個警告一樣，提醒都華央，在她內心深處，還沒準備好。

綠色大門，好像一個標籤一樣。

雖說我相信愛情，但綠色大門卻在我願意再一次付出感情的時候，嘲笑般地出現，提醒我過去的失敗。

人既然會經歷戀愛，當然也會經歷失戀。

如果每段失敗的戀情不是讓人成長，而是讓人絕望，那又為什麼要談戀愛？

現在我不自覺會想，一段感情走到盡頭，不管最後的終點是用怎樣的方式來到，是否兩個人或多或少都有責任？

也許我們也曾把某人逼到無路可退，對方才會找尋另一扇門。

很多事情的結局不光是表面如此，過程間，也許犯錯最多的是最可憐的人。

所以或許，前好友並沒有問題，有問題的是我？

發送文章後，都華央滾動滑鼠來到今日人氣，居然是7。

「誰啊？」當然，她的疑問不會有答案。

———

她擔心著昨天單定一出現了，會不會讓溫立言誤會自己有男朋友，這樣他就卻步了。

所以打算如昨天單定一所說，今天和溫立言問清楚。

但一整天下來，溫立言待在位子上的時間不超過半小時，要開會、見客戶、處理其他部門的事情。

原想趁著中午，但直到午餐結束，溫立言都還在開會。

下班前，都華央的事情告一段落，一旁的傅小雨又開始逛起網拍，所以她也有些心癢，從假裝在網路查資料，最後東看西看，開啟自己的部落格，快速輸入帳號密碼後登入。

昨晚的人氣7讓她有些在意，過了一天，加上現在自己點進來，照理來講人氣應該會是8而已，但都華央卻發現人氣是9。

而更讓她意外的是有人留言。

留言是在她昨天發表的文章之下，她忍住強烈的震撼，點開來看。

留言內容：綠色大門是什麼事件？

她幾乎要尖叫出來。

下意識地立刻關掉視窗，內心依然顫抖不已。

到底是誰？怎麼會來看她的網誌？

不對，這裡本來就是公開的，誰都可以進來看。

好在她沒留下任何關於自己的資料……

等等，雖然她在名字上更動過，可是畢竟都是現實姓名中取一個姓氏，如果真的是認識的，那不就曝光了？

不對，這個問題她一開始不就假設過了，要在好幾千萬的部落格裡找到自己，同時還要是自己現實生活中認識的人，機率該有多小？

更別說還要同時認識紀牧唯、溫立言、單定一、前男友的人才會知道她在講誰，而自己身邊更是沒有同時認識他們的人。

冷靜下來，這只是一個偶然路過的無聊人士留下的問題。

不過既然會提到綠色大門，代表對方已經看了文章有一定時間，才會知道她常提到這個詞。

都華央深吸一口氣。看樣子她該把名字全部換掉才對，比較安全。

對，她該這麼做。

她立刻拿出白紙，在上頭寫下所有對應的人名字以及新改的。

紀牧唯——紀——羊（因為想到牧羊人）

單定一——單——雙（物極必反）

溫立言——溫——三不朽（立言立功立德）

傅小雨——傅——雷（都是自然現象）

至於前男友和前好友就無須更換了吧，反正本來就沒給他們名字。

所以都華央再次點開部落格，將所有名字更改後，刻意忽視了那篇留言。

「時間到了，可以下班了。」傅小雨伸懶腰。「副理還沒回來啊，開會開真久呢，這樣他來得及嗎？」

「來得及什麼？」都華央被她的話吸引。

「去機場啊。」傅小雨收拾桌面，將東西放到包裡。

「副理要出國？」都華央張大眼睛。怎麼沒聽說？

「不是出國啦，奇怪了，妳不知道嗎？」傅小雨拿起小外套穿上。「副理女朋友是空姐啊，今天回國。」

都華央一愣。她有沒有聽錯？

「誰的女朋友？」

「副理啊，他女朋友以前也是我們公司同事，後來考上空姐了，之前票務的事情應該就是請他女友的朋友幫忙吧！」傅小雨看了看手錶。「不說了，我趕約會，掰嘍！」

傅小雨沒發現都華央怪異的表情，踩著輕快的腳步去赴約會。

都華央全身失去力氣，連呼吸都變得困難。

溫立言有女朋友？

為什麼她不知道，為什麼沒跟她說過？

不，傅小雨的話不見得能信，她必須求證才是。

都華央艱難地撐起身體，走下樓梯，朝櫃檯走去。她希望喬云還在，卻看見郡凱站在櫃檯跟喬云說話，兩個人像是討論嚴肅的事情，喬云甚至板著一張臉。

「云云。」都華央下意識認為郡凱在騷擾她，因此出聲。

「華央，還沒下班呀？」

喬云的臉上馬上掛起笑容，而郡凱搔搔頭，往外面走去。

「他幹嘛？」

「他無聊啦！幼稚，活該。」喬云氣呼呼的。

「到底怎麼了？」

「前幾天跟他吵架了，所以他故意氣我，原本要和我去看的電影，他故意到處邀公司其他女同事，無聊鬼。」

都華央轉不過來。「為什麼要氣妳？」

「妳不知道我跟郡凱在交往嗎？」換喬云訝異了。「我們在一起很久了欸！」

「啊？真的假的？可是郡凱不像是有女朋友的人啊……抱歉，因為他真的有點輕浮。」都華央咬著下唇，加上傅小雨也說過郡凱以前玩很凶。

「他看起來是輕浮沒錯，也曾經很輕浮過，不過他才沒那個膽做壞事。我們在一起後，就連小雨也都沒搜集到郡凱的花邊。」喬云驕傲表示。「他嘴巴很會講，但實際上不是那樣，男人嘛！好面子。」

「這……還真是令我想不到……」都華央啞然。

「世事難料啊，很多人不能只憑第一眼的印象，郡凱就是一個例子。」喬云泛起一個甜甜的笑。「好啦，等一下原諒他好了，順便凹他一頓大餐。那，妳要走了嗎？還是……」

都華央想起自己的目的。「我剛剛聽到很有趣的事情啦，小雨說的……」

「小雨又說了什麼不可思議的八卦啦？」

「小雨的八卦也有過假的對吧？」

「當然啊，還會有誇大其辭的，捕風捉影呀。」喬云回到櫃檯關掉幾盞下班後要熄滅的燈。「她說了什麼？」

「她說……我也覺得不太可能啦，她說溫副理有女朋友。」都華央硬是擠出笑容，假裝不在乎。

「喔，對呀，這算是八卦嗎？溫副理偷吃才叫八卦吧，哈哈哈！」

喬云的笑聲像是尖銳的針一般，狠狠地刺穿她的心。

「我怎麼不知道溫副理有女朋友……」

「明明妳旁邊就坐著全公司最大嘴巴的人，但妳不知道的事情也太多了吧？」喬云失笑。「還是華央妳真的比較遲鈍一些？」

「可能吧。」都華央硬扯出微笑。

這是怎麼回事啊？

為什麼有女朋友的人會吻她呢？

為什麼今天女朋友回來，昨天卻問能不能去她家？

她像行屍走肉般回到辦公室，正巧看見溫立言在座位上收拾東西。

「妳還沒下班？」溫立言問道，自然得很。

「副理，你要去機場接女朋友嗎？」

溫立言的手微微一頓，卻沒停滯多久。

他將手機放到口袋中，抬起頭道：「是啊。」

「我不知道你有女朋友。」

溫立言看了周圍，確定辦公室只剩下他們後才說：「妳不也有男朋友嗎？公司的人都這樣說。」

都華央瞪大眼睛，想大聲反駁她沒有，卻忽然想到，傅小雨說在公司要假裝非單身，比較不會被騷擾。

「華央看起來是清純的乖女孩，但會玩到隔天宿醉上班，也會跟有女朋友的郡凱打情罵俏，而且有男友卻和別的男人約會。」

「我那時候還不知道郡凱跟云云在一起，而我也沒有男朋友。」

都華央覺得心裡空了塊。

溫立言挑起一邊眉毛。「哦，是另一種關係啊？我知道了，早知道昨天就問那個男的要不要一起，我以為是妳男友，害我趕緊離開呢。」他一如往常地溫柔微笑，經過都華央身邊，拍拍她的肩膀。「果然人不可貌相呢，等我女朋友下次飛的時候，我們再繼續吧，如果妳想找昨天那個男的加入，我也不介意。」

都華央不敢相信自己究竟聽到什麼。她站在原地，看著溫立言哼著歌離開的背影，一切可笑至極。

以前，看電影、吃飯叫做約會。

牽手、親吻，叫做交往。

但現在改變了。

不知道變的是時代，還是社會人士和學生的差別？

或者說以前一直如此，是我太過保守？

我忽然理解所謂的新鮮感，雙說得沒錯，新鮮感很重要。

雷也說得沒錯，吃飯吃久了總會想要吃麵。

即便那頓飯是你花了很久的時間才得到，即便那頓飯如此珍貴，即便你多愛那頓飯的滋味，依舊偶爾會想嚐嚐外面的麵嗎？

難道適度的罪惡感，才是維持愛情的良藥嗎？

這世界還有真愛嗎？

如果真的愛，又怎麼會背叛？

在那個當下，我的眼眶全被綠色大門所填滿。

也許也許也許，物以類聚，也許我就是會吸引那樣的男人。

毛毛蟲看起來就是又笨又蠢、動作又慢，只會不斷吃葉子，什麼葉子都吃。

都華央寫完文章，趴在桌上哭了起來，一顆又一顆不停止，只是任憑它流下。

沒想到「人不可貌相」這句話一點也沒錯。

以為郡凱很輕浮，但仔細回想，郡凱沒做過任何令自己不舒服的事情。

而溫立言，以為他是個穩重的成熟男人，頂著一張好好先生的臉，私下卻這麼差勁。

是自己太笨了吧？什麼也沒問清楚，這還是她第一次知道，原來要和一個人發展成情侶，還得先確定他是不是單身。

因為現在不論單身與否，大家都還在外頭「交朋友」。

這也就解釋了，為什麼當溫立言看見單定一出現時，一點驚訝也沒有。他一定以為都華央跟自己一樣，有了另一半還在外頭玩。

為什麼運氣會這麼背，自己是不是真沒那個命，談場認真的戀愛？

連那樣的男人都是差勁的，還有什麼好男人？

還是她要反省，是自己的錯，是自己散發的氣質讓男人覺得可以玩玩？

她並不是為了溫立言而哭，而是為了愚笨的自己。

不行，現在一個人待在家，都華央只會胡思亂想些負面東西。

她打給紀牧唯，對方沒有接電話，然後她來到隔壁敲了莫云諳的房門，她也還沒回來。

於是她撥給單定一。幾聲後，單定一接起。「幹嘛？」
「單定一……」一開口，她哭得更凶。
「妳在哭嗎？欸，不要嚇我欸，是不是整人遊戲啊？」單定一緊張無比。
「他有女朋友。」
「誰？」單定一頓了頓，聯想起來。「不會吧？喂，妳沒事吧？」
「我是不是哪裡錯了……為什麼會這樣子？難道我散發了一股玩玩也沒關係的感覺嗎？」
其實她並不是這樣想，但說出口的話不知怎的，全變了調。
「華央，現在聽我的，妳先去洗把臉，然後換一件漂亮的衣服，我幾分鐘後過去找妳。」
「找我？」都華央吸吸鼻涕。
「對，失戀一直悶在家裡只會更難過，我帶妳去晃晃，包准明天就忘光。」聽得出來單定一正在穿外套之類。
都華央「嗯」了聲。掛掉電話後，她聽話地先去洗把臉，發現自己的臉色慘得要命，明天應該會水腫。

洗了臉，她脫下睡衣，換上一件式的無袖洋裝，挖背處有黑色的蕾絲，整套洋裝是黑白的幾何圖形。

她坐在電腦前面發呆，畫面依然停留在那篇剛剛發表的文章。幾分鐘後，單定一的電話來了，要她下去。

關機前，都華央按了重新整理，留言又多了一個。

留言者：過帆

留言內容：我發現前面的名字全換過了，是因為跟現實有關嗎？放心，我不是妳現實中認識的人。只是路過這裡，覺得文章很日常罷了，若妳不舒服，往後我不會再留言。

都華央心一震。這留言者又出現了！

但她現在沒心思，單定一在樓下等著，所以她草草關掉電腦，拍拍自己的臉，關上門。

「……」

「失戀啊，如果一直待在家裡，妳知道會怎樣嗎？」單定一轉動方向盤。他穿著黑色風衣，裡頭是簡單的牛仔褲和襯衫。

「不知道。」都華央擤了鼻涕。

「燒炭自殺吧。」

「喂！」

「啊，或是跳樓。」

「單定一！」都華央瞪他。

「哈哈哈，這不是沒可能啊。有時候想不開的東西就是想不開，妳一直想一直想也不見得想得出來，反而會被負面情緒吞噬，覺得都是自己不好。妳剛剛就有點那樣了。」

單定一打了方向燈，從照後鏡確定沒車後右轉，駛入一條寬闊的馬路。

「……可是為什麼會這樣，他怎麼可以這樣？」

「我一開始不就說了，男人就是這樣啊。」

「我以為他不一樣。」

「妳看看，又來了，就是這一句，經典啊！」單定一大笑。「男人都一樣！」

都華央鼓起嘴。「所以你也一樣嘍？」

「一樣啊，當然一樣。」他沒有猶豫，還帶著篤定。

「但我不覺得你是那樣的男生。」

「怎樣？」

「會傷人心的男生。」

「因為我們是朋友啊，朋友跟朋友間怎麼會傷心呢？」趁著停紅燈時，單定一側過頭看著她。「況且，怎麼可能有人一輩子都不會傷別人的心呢？」

「也許我不會。」都華央說。

「這麼篤定？」單定一挑眉。

「因為一直以來，都是我被……」都華央停頓。「沒事。」

單定一多看她幾眼，紅燈轉為綠燈，他打到D檔，踩下油門。

「沒關係，等下有時間可以慢慢講。」

單定一帶她來的地方位在信義區，車子停在一棟購物大樓旁邊。這裡充滿了許多穿著清涼的女孩與一些男孩。

「你不會要帶我去夜店吧？」都華央皺眉。「如果是那樣，我要拒絕喔。」

「我當然不是帶妳去夜店，太嫩了。」單定一按了鎖門鍵。「往這邊走。」

他們從購物大樓旁邊的小門進去，一進來便是三座電梯，左邊則是樓梯，沒有其他櫃檯或是裝飾。

「這是哪裡？」

「妳沒來過嗎？酒吧，跟夜店有點像，卻不一樣。」單定一按下按鈕，電梯門打開。

「我以為你會帶我去海邊吹風，或是山上散心之類的。」都華央嘁嘴，一邊擦著淚痕。

「那是什麼青春大學生做的事情？」單定一覺得好笑。「擦乾眼淚啦，不然人家以為我欺負妳。」

「我有擦了啊，它就是一直流啊！」都華央吼。

正巧外頭又走進兩男一女，他們原本說說笑笑，看見這一幕尷尬了下，其中一人還笑起來。

「喂，進來了啦。」單定一覺得很糗，招手要她進電梯。「真是的，這下好啦，人家以為是我弄哭妳了。」

「你真是一點也不溫柔。」都華央抱怨。

「這不才是對的嗎？喜歡妳的人才會對妳溫柔，朋友則是會打醒妳。」說完便用力往她的額頭拍了下。

「好痛！」都華央捂住額頭。

「有比失戀痛嗎？」單定一問。

「這哪能比。」她打回去。

單定一閃過她的攻擊。「但老實說，失戀是能有多痛啦？妳知道世界上最痛的是癌症嗎？」

「我怎麼聽說剁手指才是第一名，但是算了，相比之下我一點也不痛，所以請不要再舉例了。」她的眼淚都回去了。

單定一露出滿意的表情。

電梯門一開，雖然視野依舊昏暗，但整體比夜店亮了很多，音樂也沒那麼震耳欲聾；外頭放有幾張小沙發，而往裡面走一些，入口有個小小櫃檯，一個辣妹站在那裡，兩旁則站著兩個安管。

「一樣要身分證，因為有賣酒。」

這裡和夜店真的差很多，她喜歡酒吧的感覺，音樂不會太大聲，大家可以坐在一塊兒喝酒聊天。

單定一帶著她來到吧檯邊，酒保從吧檯內拿了酒單給他們，都華央隨便點了杯，單定一也點了。

「你開車，沒關係？」都華央提醒。

「計程車，妳忘了？」單定一笑了。

都華央聳聳肩。「這個地方比夜店好多了。」

「看目的性啊，要『認識朋友』就去夜店，要聊一些平常不太敢聊的事情就要來酒吧。」

「不敢聊的事情是什麼？」

酒保送上兩杯酒，都華央的那杯上頭放著草莓，液體呈粉紅色，單定一的則是琥珀色。

「我去過這麼多酒吧，就這一家的酒最好喝，推薦給妳。」單定一眨眨眼。都華央看著那杯粉紅色液體，輕啜一口。

果香蓋過酒味，齒頰留香，讓都華央又喝了一大口。

「畢竟是酒，小心後勁。」單定一提醒，她點頭。「所以妳心情好些了嗎？」

「我看起來像是可以玩的女人嗎？」

「什麼意思？是可以被玩，還是可以一起玩？」

「有差嗎？」都華央黯然。

「差很多。」單定一笑。「妳何必在意自己在別人眼中的價值呢？別人有先入為主的觀念，那他看妳的時候就已經失去標準啦！」

都華央搖頭。「副理以為我是可以玩的女生，所以才接近我，他只是想跟我玩。但我真正難過的是，在他真的接近我後，沒有發現我是怎樣的人嗎？沒有任何一點點喜歡上我的感覺嗎？」

也許真的是因為酒，或者這邊燈光昏暗，在一切看不清楚且朦朧的地方，能說出口的東西真的更多。

她將所有的事情告訴單定一，包含溫立言怎麼誤會了的事情，甚至連學生時代的綠色大門都告訴他了。

單定一一面喝酒一面聽著，告一段落後，都華央深吸一口氣，將杯中的液體全數飲下，再吐了口氣。

「這些經歷很可憐沒錯，但妳想聽到我說什麼呢？不會是安慰，也不會是陪妳一起咒罵的話吧？」

都華央明白，她不需要聽到那些。「我只需要……」

「一個人聽妳說而已。」

她點頭，心情還是很糟糕，但同時內心也舒坦許多。「很可笑喔，即便這樣子，我還是想相信愛情。」

「我也相信啊。」單定一聳肩。「相信並沒有錯。世界幾十億人口，怎麼會因為我們遇到兩、三個爛人就否定一切？」

「台灣只有兩千萬人。」

「妳又知道不會遇到外國人喔？好啦，那就兩千萬，再讓妳扣掉一半女生，一千萬好了，一千萬妳只遇到兩個爛人，比例其實不高。」

「這樣舒服多了。」都華央苦笑。

「妳知道男人在見到一個女人時，會先在心裡簡單把這個女人歸類。」單定一單肘撐在吧檯上，伸出三個指頭。「三個資料夾分別是炮友、女友、老婆。華央，有發現什麼嗎？」

「怎麼沒有『朋友』這個選項？」

單定一露出讚賞的笑容。「聰明。當一個女人被分配到『朋友』的資料夾時，就表示她不適合放在最上面的那些資料夾裡。也就是說，一個女人當不成老婆、女友，甚至連炮友也當不成，才會成為朋友。」

「我是你的朋友對吧？」都華央確認。

「所以才會說，要了解一個男人就要當他的朋友，反正也無法再進一步發展，何必維持形象或假裝是個好男人呢？」單定一兩手一攤。

「但我曾經有過很多男性朋友，事實上，每個女生身邊都有許多男性朋友。」都華央反駁。

「這有兩種可能，要嘛這些女人三個都不是，要嘛男人內心各懷鬼胎接近，只是戴著朋友的面具。」

「我覺得你的說法既討厭又可怕，但我不能否認，也許真如你所說。」

「當然要相信我啊，我對妳說了最誠實的話，這些我死也不會跟女朋友講。」

都華央微微睜大眼。「你交女朋友了？」

「別挑語病，不然我更正，是死也不會跟任何我想追的女生講。」

瞇眼看著他，都華央覺得他還真是誠實。「為你未來的女朋友默哀。」

「妳不要這麼說，如果遇到很愛的，當然會只為她一人專情啊。我只是老實告訴妳關於男人的想法。『想』和『做』是有一段很大的差距。」單定一澄清。

「那當然，有沒有愛很重要。」都華央苦笑。

溫立言對自己就沒有愛，可能所有人對她都不曾有愛吧？

「反正，現階段就先暫時這樣吧，目前我好好地上班，好好地朝自己想走的方向，做滿一年就離開。」

「妳想走什麼方向呢？」

都華央聳肩。「也許到我專長的地方吧。大眾傳播之類。」

「慢慢來吧。」單定一點了第二輪酒，她也是。

在視線迷離的那個夜晚，她覺得一旁滿不在乎的單定一閃閃發亮。

真誠、坦率的男性友人，既不安慰她，也不責罵她。

她相信愛情，但現在似乎不需要愛情。

她現在需要的，是一個這樣的異性友人。

這件事像某個開關一樣，打通了都華央的任督二脈，覺得沒什麼好在意了。

她不張揚這件事情，因為沒有必要。跟綠色大門事件一樣，她選擇的從來都不是昭告天下這一項。

俗話說好聚好散，要說她被騙了感情？那也不算，溫立言沒承諾過什麼，她也還沒付出什麼。一個吻，如同單定一說的，只是肉與肉的碰觸。

中午時，她登入部落格，看著「過帆」的兩個留言，按下回覆。

留言者：過帆

留言內容：綠色大門是什麼事件？

板主回覆：只是一個不值得一提的往事。

留言者：過帆

留言內容：我發現前面的名字全換過了，是因為跟現實有關嗎？放心，我不是妳現實中認識的人。只是路過這裡，覺得文章很日常罷了，若妳不舒服，往後我不會再留言。

板主回覆：我的確是嚇到了，但並沒有不舒服。

雖然簡短，但要表達的意思都出來了。

她依然會繼續寫這個再日常也不過的日記。

- - -

「紀牧唯，好久不見。」

「捨得聯絡了？」紀牧唯的聲音依舊像是半踏進棺材了。

「我不覺得有錯，」都華央停頓。「但可以理解。」

電話那頭的她停頓了好久，最後才嘆息。「找個時間見面吧？」

「擇日不如撞日？」

紀牧唯笑起來。「今天？」

「可以嗎？」

「若我說不，那不是太過分了嗎？」

這一刻，好像回到她們心中沒有疙瘩之前。

她們約在一間美式餐廳，餐點有漢堡薯條以及燉飯、義大利麵等等，室內聲音吵雜，是個不說話也不會顯得太乾的地方。

紀牧唯出現時，瘦了一圈的模樣讓都華央一時半刻沒認出她。眼神黯淡無光，就連服裝跟髮型都亂七八糟。

「妳怎麼瘦成這樣？工作真的這麼忙？」一副骨頭都浮出皮膚的樣子。

「我最近吃比較少，聞到食物就想吐。」紀牧唯聳聳肩，扯出難看的笑容。

「妳沒事吧？是因為工作？」

紀牧唯搖頭，雙手撐在桌子上。「是因為良右。」

「你們還在一起？」最近紀牧唯的臉書上已經很少有他們的合照，因此都華央以為兩人吹了。

「還在一起是嗎？」紀牧唯悵然若失。「我們說不定根本沒有在一起過。」

「什麼意思？」

服務人員送上水，詢問可否點餐。都華央點了一個漢堡套餐，紀牧唯只點了可樂，都華央見狀，硬是幫她多點了一道西班牙燉飯。

「吃了才有力氣，一定要吃。」

「我會吐出來。」

「那好歹吐得出東西。」她堅持。

「我當時真該聽妳的話。」紀牧唯扯了扯嘴角，都華央只是聆聽。「夜店當晚，我把一切給了良右。雖然我不是第一次，但這有關係嗎？會難過還是會難過。其實我們有過一段還稱得上甜蜜的時候，那時妳說了什麼，我都聽不進去，跟良右相處的是我不是妳，都華央怎能憑一面之緣就判斷良右的為人呢？我那時候是這麼想。

「但良右並沒有停止和其他女人過於親密的行為。一開始，為了展現自己很大方，不會限制男人的自由，我告訴自己不要在意，只能多貼一些我和良右的照片在臉書，連結他、標記他，反正只要比其他女人貼的照片還要多就行了，不是嗎？但後來我發現，良右會過濾掉我們的合照。

「我不敢問，所以直接點到他的塗鴉牆上。那裏滿滿是女人的照片，甚至有一張良右的手還在對方胸上。我看到的當下怒火中燒，我覺得我一定要做些什麼才行。」紀牧唯雙手握拳。「所以我最後將和他在床上的合照貼在他的留言下。」

「妳真的那麼做了？他什麼反應？」都華央眉心揪緊。

紀牧唯平靜地說：「他刪掉我了。」

「真的？他真那麼做？」

「他說，我讓他壓力很大，他說我不該逼他選擇，他說我太想要掌控一個男人。」紀牧唯滴下眼淚。「他說，我不該試圖想改變他。」

「妳有嗎？」

「誰沒有過改變男人的夢想？」

「女人都以為可以改變一個男人。」

單定一說過的話倏地浮現在都華央的腦中。

「最好笑的是，他刪除我，卻沒有封鎖我，所以我能看見他的塗鴉牆上有許多人在嘲笑我，說貼出床上的照片也太極端，說我太想確認關係。我的愛情換來眾人的訕笑，他們都說我蠢，在遊戲人間的良右身上尋找真愛……」紀牧唯哽咽。

服務人員送上食物，香氣令人食指大動，但兩人都沒有去動。紀牧唯看著桌上的燉飯，而都華央看著她。

「那現在你們之間……」

「妳知道，曾經有段時間，我天真地以為可以用性來抓住他。」紀牧唯用手背擦掉眼淚，看著好友笑起來。

「妳說什麼？」

「性愛、上床，我以為只要我表現得夠好，讓他在床上欲仙欲死，讓他體驗到高潮連連，讓我的身材與技巧都更上一層，這樣他就離不開我。」

「紀牧唯……」

「只是，當愛情沒了，就算再瘋狂、再令人沉迷的性愛，連一點愛的餘燼都撩不起吧？更別說我和他之間，真的存在過愛情嗎？」紀牧唯抓緊自己的手臂。「我仔細回想，我和他到過哪些地方、去過哪裡？沒有，我們見面就是上床，沒有其他事情，連吃飯都是買到飯店，上床完了再吃，沒有例外。我是一個方便的女人，一個張開腳讓他上的免費妓女。」

「紀牧唯，張開嘴巴！」都華央用湯匙挖了一小口燉飯，伸長手看著紀牧唯。

「我吃不下。」

「我不管，張嘴，啊！」都華央拗著，打算紀牧唯不張口，她就不放下。

紀牧唯最後還是張開嘴巴。都華央將湯匙小心地塞到她的唇邊，輕輕把食物送入口，紀牧唯咬了幾下，反胃感立刻湧上。

都華央坐到她身邊。

「紀牧唯，不要抗拒食物，妳試著吞下，試著壓下想吐的感覺，然後把食物吞下肚子。」都華央握著她的手。

經一番掙扎後，紀牧唯勉強嚥下一口。在都華央鬆口氣，露出笑容的時候，紀牧唯立刻拿起一旁的紙巾，反胃似地吐出來。

「紀牧唯，天啊，喝點水。」都華央著急地拍打她的背。

餐廳內的其他人都看了過來，紀牧唯在一陣乾嘔之後，擦去眼角的眼淚。「我吞下去了。」

「妳嚇死我了。」都華央皺眉。「妳怎麼會這樣，該不會是……」

「不是懷孕。」紀牧唯說出都華央的揣測。「只是很沒用的，因為失戀而食不下嚥。」

「不要覺得是自己不好。」都華央認真地看著她。

「但一定是我做得不夠好，他才不愛我。」紀牧唯又哭起來。

「妳沒有不夠好！」

紀牧唯有些大聲。「妳怎麼知道？」

「那難道是我不夠好，前男友才會劈腿嗎？」

「當然不是！」紀牧唯立刻回應。

「所以說啦！」都華央也有些想哭。「妳有一筆錢，看見好多漂亮的蘋果，其他人說蘋果難吃，可是妳相信那麼漂亮的蘋果不會難吃，所以妳買了。第一口雖不難吃，卻跟一般蘋果沒有兩樣；但是越吃卻越難吃，裡面還腐爛、發霉，甚至長了蟲。可是妳已經花了錢，不想浪費，只能繼續吃這些壞掉的蘋果，只是越吃肚子越痛，身體越來越差。這時候妳要為了那筆錢選擇繼續吃，還是把這些蘋果丟掉，然後去看醫生？」

紀牧唯聽了她的舉例，笑了起來。「有腦的人都會選擇去看醫生吧。」

「那紀牧唯應該很聰明吧？」

「是呀，至少我還有點理智，沒有想說要用小孩來綁住良右。」紀牧唯嘆氣。「再聰明的人，都逃不過情關吧？」

「但是我們都會成長的。」都華央看著湯匙，示意要她吃一口。

紀牧唯有些為難地拿起湯匙，看了眼桌上的燉飯，挖起一匙塞入嘴中。她咀嚼得很慢，最後用力吞下，忍住反胃感。

「再多吃一點。」都華央鼓勵著。

「總要讓我慢慢來吧，畢竟我的腸胃才剛被壞蘋果荼毒過，先從清淡的開始。」紀牧唯虛弱地微笑。

「早知道這樣子，我們應該約清粥小菜，不該來美式餐廳。」都華央抱怨，會選這邊也是因為紀牧唯最喜歡美式食物了。

「還有下次啊。」紀牧唯看著她。

都華央一頓，露出微笑。

「對，改天我們就去吃清粥小菜。」

她坐回到對面位子，拿起漢堡開始吃。明明溫立言也讓她很難過，但她還是有辦法正常進食。

相較之下，綠色大門事件讓她受傷更深，畢竟是雙重背叛。

「仔細想想，本來就是嘛，我想要的男人怎麼可能沒有別的女人也想要？一個男人既然有那麼多心甘情願的女人送上門，又何必專情於一人？好搞的女人會被拋棄，難搞的女人會被放棄。」紀牧唯下了這樣的結論。

「幹嘛是男生來選擇我們？我們來選不行嗎？」都華央切開漢堡，放了塊肉到紀牧唯碗中，要她吃塊肉。

「有志氣，看樣子最近情場跟事業都順利嘍？」

話到此處，都華央頓了下，讓紀牧唯察覺了。「怎麼了嗎？」

「我失戀了啦！」她用一種輕鬆的語調說。

紀牧唯瞪大眼睛。「什麼時候的事情?!妳什麼時候有對象了？」

「唉唷，妳反應不要這麼大。」都華央有些不好意思。「其實也沒什麼呀，就那樣啦。」

「快說清楚！」紀牧唯威脅。「難道是那個副理？」

「這樣好了，妳吃一口，我講一句？」都華央談條件。

「我盡量，妳不能逼我的身體一下子負擔這麼多。」

「說定了。」都華央盯著紀牧唯吃完那塊漢堡肉，才說出來。

她盡量將事情的始末說得清楚，包含自己對溫立言什麼時候產生了情愫，以及也許只是對一個成熟的人產生憧憬。

然而她巧妙地將單定一這個人帶過，因為她不想在情傷的這時候，說出另一個男人，好像與他會有另一種可能。

她知道紀牧唯一定會將話題導向那處，不管怎樣，紀牧唯一定會說：「那妳怎麼不試試看和單定一在一起呢？」

所以她不說，只用朋友帶過。

而也許是溫立言有女友的事情太過震驚，讓紀牧唯也忘了要細問被含糊帶過的男性朋友。

「天啊，都華央，妳也沒多好啊！但為什麼妳看起來這麼……」

「不在乎？」

紀牧唯因為被說中而顯得有些心虛。「我不是要說妳看起來不夠傷心，但是，我記得以前妳頹廢的樣子，所以……」

「所以這一次再怎麼傷害，也沒有上次重。」都華央接話。「吃了一堆爛蘋果後，我們有了抵抗力，就算還是拿到一顆爛的，也不會有上一次痛了。」

「嗯……」紀牧唯咬著下唇。「不要習慣受傷。」

「不會習慣，但會越來越堅強。」

這才是戀愛中該學到的事情。

「妳會不會怕談戀愛？經過這件事情，我好怕再談戀愛了。」

「我不會，紀牧唯，妳也不該會。」

「但妳怎麼知道下一個人會怎麼樣呢？怎麼知道會不會傷得更深呢？怎麼知道他是不是還是跟上一個一樣壞呢？」

「照妳這樣說，那跌倒過的人就不要再走路，吃壞肚子的人就別再吃東西，做錯事了就不要再工作啦！」

紀牧唯睜圓眼，咬著指甲看著她。「妳變得很會說話。」

「我只是明白了一些簡單的事情。」

兩個人凝望著對方，忽然笑了起來，接著演變成放聲大笑，再次吸引餐廳所有目光。

「我們錯過太多東西了。」都華央說。

「我連妳發生這些事情都不知道，在妳最難過的時候，我卻不在，我很抱歉。」紀牧唯勾起一個笑容，是她以前那樣帶著自信般的微笑。「而我連妳變得這麼堅強都不知道。我很高興，大學時候的妳已經不在了，現在很好。」

她們為了一些無聊的事情冷戰，為了一些好像很重要的愛情受傷，還傷得很深。然後，這些無聊的事情，讓她們成為了更好的人。

愛人、被愛，受傷、傷人，經歷這些之後才會知曉，愛情從來都不是美麗的蝴蝶，而是被毛毛蟲們吃下的葉子，讓毛毛蟲們終有一天能羽化成蝴蝶的養分。

愛情並不是為了得到一個很棒的伴侶，而是為了完全自己。

．．．

其實女人與女人之間的友情，好像捧著的蛋一般。

一定要小心謹慎，一定要細心呵護，才不會忽然間撞到、敲到、摔到，就裂了個痕。

白皙的蛋殼上裂了個痕，其實不容易發現，所以我們就繼續捧著這個有裂痕的蛋而不自知。直到某天裡面的蛋白流盡，才發現手中的友誼只剩空殼。以為沒救了，可是，也有一種東西叫做蛋殼藝術啊。裂痕的友誼，可以用另一種方式，成為另一種璀璨。

都華央在電腦前面，帶著平靜的微笑按下發送。

當她吹完頭髮，回到電腦前時，又多了一則留言。

留言者：過帆

留言內容：妳的說法真不賴，我喜歡。（既然妳不討厭，那麼偶爾我還是會留言的。）

這個看不見臉的路人，目前應該算是忠實讀者吧！

沒想到她這樣平凡無趣的生活日記，也會有忠實讀者。

Chapter 8

她依靠他，而他讓她依靠，
在這個時刻，愛情不是重點。

「華央，這邊的文件拿去影印下。」

「好。」

都華央接過溫立言手上的文件，但他卻緊抓著，她皺眉對上他的眼睛。

曾經覺得他的微笑很溫柔，此刻看來只是噁心。

與其說令她噁心，不如說，都華央已經不在意溫立言這個人。

「副理，這需要影印吧？」她故意大聲地說。溫立言嚇了一跳，鬆開手，都華央順利接過文件，轉身往影印室去。

她在影印機前面，想著溫立言剛才那樣驚嚇到的模樣，就覺得一陣爽快。

她知道溫立言拉住文件是什麼意思。

稍早她才從傅小雨那邊聽到消息，他的女朋友昨天凌晨的飛機又出去了。

所以她估算，這幾天溫立言一定會找自己，只是她沒想到他會大膽到直接在辦公室如此明目張膽。

真是沒救的男人。

「華央……」郡凱哀怨的聲音出現在門口。

「又怎麼啦？」

「我又惹云云生氣了啦，妳去幫我求情好嗎？」

郡凱垂頭喪氣的模樣還真少見。

「你又做了什麼？故意邀哪個女同事惹云云嗎？」都華央正忙著裝訂文件。

「都不是，這一次可能有點過分。」

她停下手上的動作，挑眉看著他。

「我偷偷跟前女友出去吃飯了。」

「抱歉，愛莫能助。」她毫不留情地轉身。

「別這樣啊，小雨也大笑著說不幫我，我知道妳人最好了，幫幫我吧！」郡凱進到影印室裡頭。

「你不知道前女友是最大的敵人嗎？」

「怎麼會是敵人？都已經分手了。」

「那如果云云跟前男友出去吃飯呢？」

「怎麼可以！那個男人一定有企圖！」

「你看吧。」

郡凱愣了愣。「那不一樣啦，云云這麼傻這麼呆，被騙都不知道；我不一樣啊，前女友只是有煩惱找我訴苦。」

「你們男人才是最傻的。女人骨子裡想什麼，你們哪裡知道？」

「這句話應該反過來吧？」郡凱皺眉。

「要云云原諒你很簡單，首先，去買個她一直想要的東西送她，帶她吃一頓好料的，接著在她面前封鎖前女友的手機號碼跟 LINE，還有臉書，這樣保證她會原諒你。」

「啊……要玩這麼大？」

「做不到也沒關係，就讓云云繼續生氣，讓全公司女生把你當敵人吧。」

「關全公司女生又什麼事情啦！」郡凱兩手一攤。

「錯就錯在你把這件事情告訴了小雨。」

郡凱拍了額頭，知道自己壞事了。「啊！」

當兩人出了影印室，果不其然，公司其他女同事都對郡凱指指點點，有些甚至直接露出敵意地瞪著他。

「消息也傳太快了吧！」郡凱驚呼。

「發送群組信件很有效率。」都華央忍不住笑起來。

幸災樂禍很不對，但若是別人的事情就特別有趣。

她回到辦公室將文件放到溫立言桌上，順便對傅小雨比了個讚。

傅小雨接收到了，眨眨眼回應也比了讚，兩個女人不約而同地笑了起來。

「怎麼了？」溫立言好奇。

「不關副理的事情啦！」傅小雨說。

「華央，怎麼了嗎？」他對著都華央笑。

「跟小雨說的一樣啊，副理。」

都華央也回以微笑，這讓溫立言一愣。

「哈哈哈，華央也學壞嘍！」傅小雨說。

大概是因為郡凱變成了共同的敵人，所以中午時，傅小雨和都華央久違地又一同吃飯。她們今天買便當回咖啡廳吃，而自己帶便當的喬云也在咖啡廳裡頭。

「小雨，謝謝妳的轉發信件，讓全公司的女人暫時唾棄郡凱。」喬云對她豎起大拇指。

「這時候不散布，何時散布呢？」傅小雨欣然接受。「話說華央，上午妳回應副理的樣子，讓我有驚喜到呢！」

「怎樣？」喬云湊熱鬧。

「就華央居然難得跟溫副理頂嘴，果然油條了！」

傅小雨將情況大致說了一遍。

「副理啊，人是很好啦，長得也不賴，但我對他可是敬謝不敏。」喬云搖頭。

「為什麼？」都華央好奇。

「妳不覺得他假假的嗎？」傅小雨皺了眉頭。「我們在同一間辦公室，我以為妳也會注意到呢！」

都華央隨口說：「喔……是有注意到啦。」

「而且還有一件事，我有些在意。」傅小雨將麵條捲在筷子上，吹了幾下再吞入。「我這麼八卦，公司的人多多少少都會讓我找到一些事，可是溫副理卻完全沒有吔。」

「妳有我什麼八卦？」喬云緊張的是其他事。

「我咧？」都華央也問。

「妳剛跟郡凱在一起的時候，不是沒公開卻被大家知道嗎？就是我告訴大家的啊……哇，慘，說溜嘴了。」傅小雨裝可愛地吐了舌頭，還敲敲自己的腦袋。

「傅～～小～～雨～～原來是妳告訴全公司的人！」喬云跳起來捏著她的臉。

「噯唷～～沒關係啦，我是為妳好吔，早早公開，大家才知道郡凱是妳的啊！」小雨解釋。

喬云鬆開手。「哼！最好！」

「至於華央麼……裝得迷糊迷糊，其實私下很會玩……我一開始是這麼想的。」傅小雨瞇著眼睛盯著都華央。「但我現在發現，不是那麼回事。」

「華央很乖啊，妳怎麼有那樣的誤會？」喬云不解。

「就我的感覺啊，直到郡凱約妳出去看電影，妳在那邊推脫，我以為妳是在裝模作樣，私下問郡凱，他說妳沒有跟他聯絡。」傅小雨聳聳肩。「所以啦，抱歉欸，之前對妳態度不佳，因為我對裝模作樣的女人很感冒。」

原來傅小雨之前真的是故意針對自己，沒想到自己在不知不覺間被誤會成那樣，但這樣也不意外溫立言對自己的誤解是從哪來的了。

嗯，傅小雨這女人真是欠揍。

「我都不知道妳們曾經暗潮洶湧呢。」喬云若有所思。

「都過了啦！對吧，華央？」傅小雨豪邁地拍打都華央的背，讓她差點嗆到。

都華央點點頭。「都過去啦，現在開始就好。」

不然怎麼辦呢？

反正，如果沒有這個八卦的話，或許溫立言不會接近她，她也不會因此發現他的另一面，甚至在之後，她可能都跟溫立言上了床，卻還不知道真相。

⋮

「妳挺樂觀的啊，怎麼突然之間就變了？」單定一擠了一大坨芥末到碟中。

「副理的事情讓妳一夜長大？」

「但我覺得不如說是你讓我一夜長大呢。」都華央幫他倒入醬油。

「我？我做了什麼嗎？」單定一挾起生魚片，在碟子中蘸了大量芥末，一口氣放入口中，直衝腦門的快感讓他的五官全皺在一團。

「酒吧那天呀，你說了一堆話，讓我覺得失戀或是被誤會一點也不重要。嗯，也不是不重要啦，只是不該讓那些事情絆住自己，該是幫助自己往前進才是，不管是好是壞。」都華央聳聳肩，也塞了一塊蘸滿芥末的生魚片進口中。「哇噻，也太嗆了吧?!」

「這一家的哇沙米嗆得很好吃吧，我大推薦。」單定一又挾了片。「所以說，妳要感謝我嘍？」

「我是在感謝你沒錯啊，所以不是請你吃飯了？」

「這一頓妳要請？啊，怎麼不早說呢，我應該選單價高一點的牛排才對。」單定一惋惜。「我只好點些清酒了。」

都華央比了個請的手勢，單定一也不客氣，完全不在乎自己的薪水是都華央的兩倍，相當果斷地點了最貴的酒。

「反正明天不用上班，而且還有計程車。」這意思就是可以喝醉。

配著酒和小菜，兩個人天南地北地聊著，還講起了以前國中的點點滴滴。

「話說，我以前國中注意過妳。」

幾杯黃湯下肚，單定一悠悠講起以前的事情。

「真的假的？」都華央也喝了幾杯，除了臉色發紅，身體輕飄飄的之外，她並沒有喝醉，而且終於聽到自己想知道的答案。

手肘撐在桌上，單定一側頭看著她。「真的啊，妳長得可愛，那時候挺多人喜歡妳，妳不知道吧？」

都華央還以為國中同學們那時候都只會抓泥鰍而已。「那你知道我以前也注意過你嗎？」

「妳覺得呢？」單定一笑了笑。「我們是不是該走了？」

「嗯，你是不是茫了？」

都華央看對方連站起來都有些困難，身體搖搖晃晃的。

「我沒醉。」

「哇，你醉了，講這句話就是醉了。」都華央皺眉。「你就是貪心，聽到我要請客也不管我們只有兩個人，硬要點酒，你看吧，明天宿醉到死。」

「其實我酒量挺好，只是身體在搖晃而已。」

單定一堅持這點，都華央也懶得辯。

他們在路邊招了計程車，單定一表示先送她回家，自己再回去。

上了計程車才發現他酒氣沖天。「不過是清酒欸，你怎麼回事啊？」都華央忍不住抱怨，但他早就睡得翻過去了。

夜裡的台北，燈光依舊閃爍，路上依偎的人們不知道是情侶，還是毫無瓜葛的朋友。

忽然計程車經過一個坑洞，車子整個跳了下，單定一靠著窗的頭一拐，轉到了都華央的肩上。

「喂，很重。」都華央推著他的頭，但單定一睡到嘴巴都開了。

算了，就讓你靠一下吧。

都華央再次將視線轉往車窗外。在這樣喧鬧的夜晚，看到成雙成對的人們，她並不寂寞，但在這時候，她忽然覺得，自己不是一個人真是太好了。

當計程車抵達都華央家樓下時，她推了推單定一。「喂，我家到了，我先走嘍，你自己會講地址吧？」

「嗯……」單定一些微睜開眼睛，點點頭又睡著。

「喂，起來，講完地址再睡！」她搖晃單定一。

沒想到這一搖不得了，單定一發出一個怪聲，她還沒意識到怎麼回事，他已經吐了，而且還往她身上噴。

「哇哇哇！小姐，弄到車子要付清潔費啊！」司機先生緊張地大叫。

「沒有、沒有，他都弄到我而已。」都華央趕緊澄清，欲哭無淚地看著自己的漂亮衣服被噴得都是穢物。

「歹勢……」而單定一說完這句又往後躺，都華央趕緊拉住他的領帶，因為他身上也噴到一點嘔吐物，倒下去難保不會弄到司機大哥的皮椅。事實上，司機大哥正從前座轉過頭來嚴格關注。

司機大哥喊著：「小姐，這樣子我不敢載他啦！」

「他、他不會吐了啦，應該……」

「不只吐的問題啦，啊如果到他家了，他不下車，我還要帶他上去喔？」司機大哥開始抱怨，整車被弄得都是嘔吐味讓他不太爽。

好吧，都華央能體諒。所以，最後她只能將一身嘔吐臭味又奇重無比的單定一奮力抬回自己的套房內。

「欸？華央！」她在一樓電梯遇到正要出門的莫云諳。

「云諳？妳要出門呀？」

對方穿得十分漂亮，想來是要約會吧？

「妳男朋友？」莫云諳露出曖昧的小小笑容。

「不是啦，朋友。」都華央澄清。

不過莫云諳看起來好像不太相信。

「他看起來醉得不輕呢，妳也很慘。我很想幫忙，不過我快要遲到了。」莫云諳帶著歉意，往後看了一下外面的車。

「沒關係，妳快去忙吧，我來就好。」都華央與莫云諳道別，回頭看向她走上轎車。

漂亮的女孩總是有著漂亮的人生。希望幾年後，當自己到了莫云諳的年紀時，也能如同她一般順遂與燦爛。

回到她的租屋處後，首先將單定一丟在玄關，還喬好他的姿勢，別讓他身上的髒東西沾到自己家裡的地板。

接著她趕緊衝到浴室將衣服脫掉，浸泡在水盆中，加入一大堆的衣物洗潔精，驅散那股臭味。

隨便套了一件衣服，走到外面，單定一依然倒在玄關呼呼大睡。

「你真是給人找麻煩！」都華央一邊碎唸，一邊將單定一身上的襯衫脫掉。

等等，自己好像正在做什麼不得了的事情，居然在脫男人的衣服。

她又看了單定一一眼，哼，難不成要讓他臭熏熏地待在自己家嗎？

她深吸一口氣，當作現在是在幫小孩子脫衣服。反正男生身上有些什麼她又不是沒見過，所以她該注意的只有如何在脫衣服時小心別讓嘔吐物沾到地板。

經過一番苦戰，單定一被脫到只剩下內褲，都華央氣喘吁吁，將兩人的衣服都洗好、脫水、晾起來，自己還洗了澡，走出來擦著頭髮時，單定一還維持一樣的姿勢睡在那裡。

單定一的身材還真好，但想想這樣的大塊頭，剛才自己一個弱女子還搬他上來，便越想越氣，過去用力拍了他大腿一下。也許是直接拍打的關係，單定一忽然張開眼睛，嚇了一跳。

只是眼神依然很迷濛。「幹嘛？」

「還幹嘛，去洗澡啦！」都華央瞪他。

「這哪裡？」單定一眼神失焦地打量周遭，又低頭看了看自己身上。「我怎麼沒穿衣服？」

「你吐得全部都是，衣服拿去洗了啦！我警告你，別又在我房間吐了。」都華央指著他的鼻子。

「不會啦……我怎麼會吐呢？我酒量很好啊……」單定一一邊碎唸一邊又要閉上眼睛。

「喂！」都華央更用力地拍了他大腿。

最後，單定一半推半走地被都華央送進浴室。直到水龍頭的聲音打開後，都華央才意識到剛才又做了不得了的事情。

先是將他脫到只剩內褲，再來是直接接觸他的皮膚，整個超奇怪的。雖然情況不得已，但是和一個異性朋友如此「親密」，也是一件挺異常的事情。

她習慣性地坐在電腦前面，點開自己的部落格，留言數又多了。

過帆已經是固定會留言的人，都華央也會簡單回應，但今天令人驚訝的是，出現了其他人的留言。

留言者：小米粥

留言內容：毛毛蟲小姐妳好，我原本跟朋友吵架了心情很糟糕，正巧點到妳的連結，看到女人的友情這一篇，覺得妳說得好有道理，所以我就主動跟朋友講話，沒想到就這樣和好了，謝謝妳^0^

都華央揉揉眼睛，又看了一次。出現新的留言了！

奇怪了，自己打的東西這麼……無聊！

都是日常生活啊，怎麼會有人點進來，甚至還被開導了？

留言回覆：小米粥妳好，能和朋友和好真是太好了。文章內容是我個人體悟，能和朋友和好最大的原因是因為妳的主動，並不是我的幫助唷。

都華央如此回應，還在電腦前等了一會兒，看看有沒有回覆。自己居然會這樣等著，剛開始創立這個部落格明明只是為了方便。

她嘆息，開啟了新的文章，打下今天心情。

每個女人都有個最恨的女人，就是前女友。
最壞的女人不過前女友、最糟的女人不過前女友、最賤的女人不過前女友、最爛的女人不過前女友。
反正千錯萬錯，都是前女友的錯。
前女友是每個女人心裡最痛恨的第二名吧？
為什麼說是二？
因為第一名永遠都是最差勁的男人。
和前女友出去的男人差勁，是女人的敵人、共同的敵人。
只要提到前女友，女朋友就不理性了。
所以千萬別挑戰女人的理性，畢竟平時女人就已經不理性了（笑）。
斷絕所有有關前女友的事物，那是惡女、是妖女。
永遠的拒絕往來戶。
男人們，銘記在心。
打完後，都華央忍不住笑起來。畢竟這篇文章有點戲謔路線，但不得不說，這樣打起來也還是滿爽快的。

不過郡凱後續的表現是真的很好。今天下午，聽了她的建議之後，郡凱便早退。全公司的女同事都以為他落跑，在咖啡廳開了小小的批評會議；可惜女主角喬云因為要顧櫃檯而無法參與，於是這個聚會就變成男女主角都不在，然後其他三姑六婆八卦的場面了。

結果不久，門口傳來一陣驚呼聲，正好去廁所的傅小雨衝回來大喊：「大家快出來看戲！」

一瞬間，所有人都衝到櫃檯那裡，像極了螞蟻看到糖似地圍成一圈。

眼前就像是電視劇那樣誇張，郡凱手拿一大束紅玫瑰，還提了個名牌袋子。

他表情緊張、臉色凝重、雙手冒汗，喬云則是爽在心又要佯裝生氣。

郡凱將花遞到喬云面前，雙手奉上名牌袋子。女同事們叫囂著：「打開來、打開來！」

是春夏最新款的皮夾，想必是專櫃小姐介紹的。光是這樣，喬云就已經止不住笑意，面子裡子都做到了。

而郡凱接下來的行為遠比皮夾還令女友滿意。他拿出手機，在喬云面前刪去前女友的聯絡電話，另外封鎖了前女友的臉書及LINE。

這瞬間便能扭轉女同事對他的印象，所有同事尖叫起鬨，喬云也感動得流淚，兩個人緊緊相擁，像是浪漫愛情電影一樣，所有人還為他們鼓掌。

「不過除了LINE還有很多通訊軟體吧？WhatsApp、微信等等。」傅小雨說著風涼話，都華央用手頂她一下。這種時候就別去在意那些小地方了啦。

值得一提的是，當這場感人戲演完後，該下班的還是該下班，該加班的還是該加班。傅小雨急匆匆地趕約會，都華央回到樓上拿包包，意外見到溫立言在位子上等她。

「要下班了？」溫立言的手撐在她的椅子上。

「是的，副理再見。」都華央繞過他拿起桌上的包，準備轉身之際，手腕卻被他拉住。

「一起吃晚餐吧。」

都華央只覺得噁心。怎麼有人可以不要臉到這種程度。

她旋身回以微笑，並用力抽出自己的手，說道：「副理，女朋友又飛啦？」

溫立言手環胸，輕輕點頭，表情自在。

「也許我可以跟小雨請教，為什麼每次溫副理女朋友一離開台灣，就會約我吃飯。」都華央的話讓他瞪大眼睛。「小雨稍早才在說，從來沒聽到關於副理的八卦，我想她一定很有興趣。」

「華央，我只是邀請妳吃飯，沒有其他意思。」溫立言站直身體。

「怕了？」她挑眉，看著眼前這個男人，忽然覺得，他憑什麼啊？

他哪裡特別了？哪裡不一樣了？

「男人都一樣。」

單定一還真是說了至理名言。

於是她轉身離開，打了電話給單定一，這也是她請他吃晚飯的最大原因。

只是沒想到那個男人現在居然吐得滿身都是，還在她的房間內洗澡。

都華央走到浴室門口，用力敲了門，問：「你在裡面睡著嘍？」

「醒著啦。」單定一有氣無力地回答。

都華央擰眉：「快點出來啦！不要在裡面滑倒。」再用力拍了拍門。

她回到電腦桌前，又進去部落格看了一下，人氣為23。她有些訝異，第一次超過了兩位數，且又有了新留言。

一樣是過帆，回應的不是都華央剛新發表的文章，而是更早之前，他詢問綠色大門事件的下方。

留言者：過帆

留言內容：特地回來看了下這篇，發現每個人的名字都更換過，但只有前男友和前好友仍然一樣，所以雖然看似朝新方向前進了，但從沒有替代的名字這點看來，會不會潛意識中，妳還對這件事情耿耿於懷？

耿耿於懷？

這留言內容讓都華央一肚子火。綠色大門的事情的確讓她很受傷沒錯，可是她已經不在乎了。

就是不在乎，她才沒有去更動啊！

況且，她已經不恨趙宇廷了。

可是，她為什麼從來不願意提起前好友的名字呢？

就連在心中想她的名字都不願意。

對，因為，她沒辦法原諒她。

女人的敵人，永遠都是女人；明明做錯事情的是男人，為什麼女人就是會恨著女人？

他們現在已經得不到她任何的難過與傷痛，影響不了自己了，這些話，一直以來，都是謊話嗎？

留言回覆：我想你搞錯了，他們早已成為過去。

她氣憤地回應，每一下鍵盤都敲得那麼重。

都華央深吸一口氣。等情緒過去後，覺得自己愚蠢至極，卻無法忍住自己好奇的心，搜尋了許久不見的他們。

很快地便找到他的臉書。都華央點入，一張發表兩天的照片秀在最上面，是他們兩個的合照。

他和她，笑得靦腆又甜蜜。短短分開不過一年，他們的容貌已模糊，連照片中的樣子都陌生得很。

兩人交疊的手上有著束縛的證明，一枚戒指，標題寫著「我們要結婚了」。都華央震驚不已。她點開近百則留言，裡頭充滿著祝福，就連當初替她感到不值的朋友們，也都送上祝賀。

「早婚必有詐，我是說，炸彈的炸。」

「這麼快?!是不是有喜啦哈哈哈，好啦我知道沒三個月不能說。」

「恭喜你們啊！天作之合！」

「喜帖快殺來！！！！」

忽然間，綠色大門再一次出現在她眼前。

那道模糊並顫動著的綠色大門，門後隱藏著不堪的事實。

她搖頭抗拒，卻免不了門後的事實無預警地揭露。他們的嬉笑、喘息與交纏，事後分離的難堪，明明該是被冠上第三者的她、明明是負心的他。

不過短短一年多，已經不會有人記得他們的過往，取而代之的是對他們的祝福。他們這麼早婚，那表示，他們才是真愛的伴侶？才是命中註定的另一半？

那都華央算什麼，和前男友交往的這四年算什麼？

一場笑話？一位過客？一個撮合他們的契機？

她覺得一片暈眩，當時的難過與心痛再次席捲而上，眼前一黑，差點就往一旁倒下去。

「現在後勁才出來？」單定一不知何時坐到她身邊，及時扶住她，看來洗完澡後，人也清醒了不少。

「我、我沒事……」都華央自己都沒發現身體正些微地顫抖。

單定一微濕的髮梢落下水滴，滴在了她臉上。他將眼神移到螢幕上那張放大的男女合照，短短幾秒便意會過來。

「前男友？」

都華央點頭，緩緩挪動身子，按下了××鍵，用力闔上電腦。

「他們要結婚了，我猜是懷孕。」她微微顫抖。

單定一看著她的後腦杓。「如果妳想哭的話，可以哭啊。」

都華央瞪大眼睛，轉過身。

「我幹什麼要哭？他們已經不關我的事情了，不是嗎？」

「但妳看起來像是要哭了。」

「幹嘛這樣講。」都華央再次轉過身，不讓他看見自己的臉。

她感受到牙齒正打顫著。

單定一明明不會說這種話，明明總是要她看遠一點想開一點，明明總是用一些類似嘲弄的語氣，為什麼這一次要叫她哭？

「副理就算了，但這件事情對妳來講，應該非常重要吧？」單定一靠向她，輕輕拍了拍她的背。「因為妳難受得連哭泣都不願意，掉眼淚又不一定是認輸。」

「我沒有！」都華央轉過身，對上單定一難得溫柔的眼神，一時間，內心原本堅強的防備鬆脫了。

她一直在逃避那扇綠色大門之後。

頓時，都華央掉下眼淚。單定一將她擁入懷中，輕拍她的背，好像她是個孩子地哄著，一邊耳語呢喃道：「沒事的，乖，妳很好，一切也都會好的。」

她就這麼被單定一溫柔地抱著，好像所有的一切都被輕輕撫去，不管她是個多差勁的人，經過多少傷害，在這懷抱中都不再重要。
她覺得很安心，發現一直以來要的就是這份感覺，從畢業後的茫然到一份工作做到現在，她才明白，自己要的不過只是安心。
那種安心，竟從一個不是情人的單定一身上得到。
當單定一呼吸的時候，她聞得到那淡淡的酒味，同時還有另一種相同的味道纏繞著他們兩個。是她放在浴室的沐浴乳。
一罐相同的沐浴乳、一個如此貼近的異性朋友、一場太遲的哭泣，瞬間演變成另一種氣氛，熟悉卻又陌生。
都華央抬起頭，在他的眼中也看見了相同的情緒。
沒有誰先誰後，而是自然地貼近。
沒有感情基礎，只是一種生物本能的依靠。
她依靠他，而他讓她依靠，在這個時刻，愛情不是重點。
而是心無芥蒂的兩個異性彼此吸引，為了依靠，彼此深吻。
一次、兩次，像是孩子般輕啄彼此的唇，接著兩個人笑了起來。單定一的眼神像是柔軟的棉花般，再次讓都華央主動湊上。沒有拒絕地，單定一將她擁入懷中。

他的手壓在她的後腦杓，手指深入她帶著洗髮乳香味的髮絲，發顫的指尖和身體的熱度成反比，略微冰冷，滑到了她的頸後。

都華央感受到後頸的觸感，微微顫慄，輕聲呻吟。

這幾乎只是鼻息間的聲響，讓單定一低聲喘息。

到了這個地步，兩人腦袋都清醒了。

我們在做什麼？接下來又要做什麼？

卻也讓他們更迷茫了。順著本能吧，就這樣越靠越近吧——

他們彼此試探。單定一的手滑到她的腰間，停頓了下，確定都華央沒有抗拒，才大膽地游移。都華央也將手輕輕靠向單定一的胸膛，感受他厚實的肩膀。

單定一的另一隻手放到都華央的胸前，他沒有碰觸胸部，而是想解開她的釦子。都華央呻吟一聲，他則直接從衣緣下方探入。

溫熱的大手碰上她的腹部，那稚嫩的肌膚讓單定一一顫。

他猴急了起來，親吻她的頸部，而都華央伸手往後要脫下他的上衣，結實的上身近距離地在她面前展露，她倒抽一口氣，明白了女人也是會被男人誘惑。

不需要言語，也不需要其他理由，憑藉著衝動、酒意與本能，在這個對的時間、對的氣氛，是不是對的人，也不重要了。

睡夢中，都華央站在那扇綠色大門前。這一次，她聽見門後傳來的是結婚進行曲。她淚流滿面，卻感覺到另一個有節奏的聲音蓋過了門後的音樂。

她張望，那鼓動的聲響宛如低沉平穩的鐘聲，安撫了她的心。眼前的綠色大門漸趨模糊，最後化成一縷煙消散。

都華央轉身，找尋著那聲響，卻發現聲音是從自己耳邊傳出。她側耳聆聽，感受到自己的心跳與那節奏重疊。

一股心安湧上，她張開眼睛，自己正躺在單定一的胸前。

她沒有移動身體，窗戶外透進的光讓她知道天已經亮了。直到趁著單定一挪動身體的時候，她順勢離開他胸前，躺到另一邊。

她看著天花板，感受到後腦隱隱約約的疼痛。酒精的效力隔了一天才浮現。但昨天的事情並不完全是酒精催化。她記得很清楚，也記得單定一在自己身上的模樣，而更讓她驚訝的是，他們如此契合。

她記得單定一輕柔地撫摸自己身上每寸肌膚，她幾乎沒有體驗過這樣的感受。

側頭看了單定一一眼，對方依舊睡得沉。

都華央閉上眼睛，再次入睡。而這一次，再沒有夢見那扇綠色大門。

——

都華央趁著午休時間打開部落格。

留言者：小米粥

留言內容：毛毛蟲小姐別謙虛了，雖然是我主動跟朋友和好，但也是妳的文章讓我提起勇氣。我發現毛毛蟲小姐的文章雖然很日常，卻很有親切感，最近我每晚十點都準時等著發文呢！

留言者：踢踢

留言內容：說得對，前女友真是世界上最討人厭的生物！可見我們都一直恨著某些女人，也一直被某些女人恨著呢，哈哈。

留言者：呆歡

留言內容：我也是從南部來台北念書的人呢，畢業後希望一樣能留在台北。我超懂妳說的那種車子吵鬧聲跟家鄉蟋蟀聲的差別，我突然好想家喔！

留言者：過帆

留言內容：我只是說出我的猜測，但看妳這樣的反應，我覺得自己說對了。

每篇不同的文章都有不同的人回應，最一開始的過帆還在，第二個出現的小米粥也在，又多了其他人。

都華央不知道有沒有看錯，人氣直逼100。

她一一回覆所有留言，最後停在過帆的回應下，食指點著鍵盤思考。

過帆的確說對了，一直以來，綠色大門的陰影沒有遠離過自己。這一點一直到了前幾天晚上，在單定一懷中哭泣，她才意識到。

她能夠在內心提起趙宇廷的名字，但她無法寫出他和前好朋友的名字，連幫他們取個外號都不想；世界上所有生物都是有了名字後，存在才被承認，而她不想承認他們。

對，她不祝福，她怎麼會希望背叛自己的兩人幸福呢？

若說祝他們幸福那就太矯情了，曾經深深愛過、深深被背叛過，哪有辦法誠心祝福呢？

如她之前網誌所說，她不希望他們幸福，但同樣地也不希望他們過得不好，畢竟是自己曾愛過的人啊，所以只要比自己慘一點就好。

但如今他們兩人要結婚了，背叛自己的他們依舊過得幸福，這樣子，也好。

留言回覆：的確被你說中了，但那時候我不願承認。不過仔細想想，這裡雖公開卻沒人認識我，也不知道我是誰，我何必還要說謊呢？

按下發送，她覺得鬆了一口氣。

這樣誠實，好像也對一直說謊的自己誠實了。

她撥了電話給紀牧唯，邀她晚上一起吃飯。

「好哇，我有想吃的東西，我看網路上人家分享的美式餐廳超棒的，這一次換我請妳吧！」紀牧唯的聲音聽起來有精神了不少。

聽到她有想吃的東西，都華央很安慰。下班時，她一邊整理東西一邊不自覺地哼著歌，溫立言忽然出現在她背後，一點聲音也沒有。

「這麼開心？要去約會嗎？」溫立言說著。

都華央側過頭看他，推開椅子，揹上包包。「副理再見。」

辦公室已經沒人了，溫立言大膽地拉起她的手。「華央，怎麼了？我們之前不是好好的嗎？」

都華央皺眉。「副理，請你放開。你忘記我說過的嗎？」

「但、但妳也沒有反抗啊？」

他企圖想告訴都華央，她也有錯。

「那時候我不知道你有女朋友，而且我也沒有邀請你上樓。」都華央抬起下巴。「副理，這是我最後一次警告你，請你自重。」

對上她那樣堅定的眼神，溫立言的氣勢終究被壓了下去，只能默默放開手，夾著尾巴離開。

都華央嘆氣。人不要臉，天下無敵。

Chapter 9

喜歡他嗎？
不管想幾次，
她的答案都只有一個。

模樣。

她和紀牧唯直接約在餐廳裡，才剛進店，就瞧見紀牧唯站起來對她用力揮手的

氣色果然好多了，臉頰也有肉了，雖然還有些黑眼圈，但她想那應該是被工作操出來的。

「我想換個工作了啦！」紀牧唯用手搧著風。

「不是做得好好的嗎？薪水也不賴啊。」都華央仔細掃過紀牧唯身上的衣服，嘖嘖，又是一套全新的，連鞋子包包都沒見過。

「但工作實在太累了，我必須藉由購物來發洩壓力。身體也沒搞好，整個本末倒置，不如換一份壓力比較小的工作，薪水少個兩、三千也沒關係，這樣我買東西的欲望也會降低。」

「妳確定？不會變成卡刷爆嗎？」

「所以我依舊不辦卡呀。」紀牧唯兩手一攤，俏皮一笑。「當然還有另一個原因啦，我在公司每天跟良右接觸，說實話也不太好受。」

「妳還會在意他？」

「不在意是不可能，但妳放心，我不會再當傻瓜了，藉此換個環境也好，重新開始。」紀牧唯喝了口水。「難道妳和副理在同一間公司都不會尷尬嗎？」

都華央搖頭。她一點也不在乎。「反倒現在是他比較在意我，有事沒事就來鬧一下。」

「男人最賤了，看到女人好像要遠離了才過來沾一下，良右也一樣，我超不爽。」紀牧唯揮手叫服務生過來，點了炭烤豬排套餐，都華央則點了牛排三明治。

她們討論了紀牧唯要換什麼工作，偏好美編、設計之類的。至於要在哪種類型的公司做美編又是一個學問，紀牧唯考慮在家自己接稿，有固定案子前先投稿。

「風險有點大，但反正妳還年輕，如果真的喜歡就試試看吧。」都華央建議。

「再想想看嘍，如果挑到有興趣的公司，也許又待辦公室了。」紀牧唯板起嚴肅的臉。「但這一次絕對不再隨隨便便跟男同事搞在一起。」

「幹嘛用搞這個字啦！」都華央哈哈大笑。

「妳咧？除了爛副理外還有其他對象嗎？」

紀牧唯的話讓都華央一愣，她扯了扯嘴角微笑，一邊切著剛才服務生送上的牛排三明治。

「其實這也是今天主要找妳出來的目的，想跟妳商量看看。」

「什麼？」紀牧唯也切了一塊大小適中的豬排，放入口中咀嚼。

「我前幾天和一個朋友上床了。」

「噗！」紀牧唯差點將豬排吐出來，趕緊用餐巾紙摀住嘴巴。

都華央將水杯推到她面前。「妳小心一點。」

「妳妳妳……妳剛剛說什麼?!」紀牧唯處於震驚當中。

都華央又說了一遍：「我和一個好朋友上床了，前幾天。」

「誰啊！我認識嗎？」

「妳不認識啦，他是我回去參加同學會時相認的朋友。」

「我的天啊，他叫什麼名字？長怎麼樣？有臉書嗎？」

「妳身家調查喔！」都華央咯咯笑。「給妳看照片什麼的我會覺得不好意思，就叫他雙數吧。」比部落格中的多一個字。

「雙數？幹嘛不跟我說，我又不認識。」紀牧唯不死心。

「既然妳都不認識了，那就不要認識了。」都華央也不退讓。

「好吧！」紀牧唯兩手一攤。「所以說，事情的經過是？」

「妳看見……」都華央嘆息。「趙宇廷的照片了嗎？」

紀牧唯微微挑眉，有些訝異。「妳好久沒說出他的名字了，即便我主動提起，妳也沒開口過。」

「事實上我不想說第二次了，但為了證明我稍微釋懷一點，所以我就說了。」都華央鬆一口氣。

「聽不懂妳在說什麼。那時候我也把他的臉書刪掉了，之後就沒有去看過，怎麼了嗎？妳還有去看喔？」紀牧唯拿起一旁水杯，潤了潤剛剛被嗆到的嗓子。

「總之某天發生一些事情，那是我畢業後第一次點進去看，結果發現他們要結婚了。」

這下子，紀牧唯又差點要將水噴出來，她的手抵在嘴前。「拜託可不可以不要在我吃東西的時候講這些勁爆的事情啦！」

都華央笑了幾聲。「那一天，我才第一次為了他們的事情哭出來，感覺像是從那時憋到了那天一樣，整個宣洩……而雙數當時剛好在我身邊，他安慰我，我們又喝了點酒，所以就……那樣了。」

紀牧唯咬著下唇，心疼似地看著她。「妳很難過嗎？現在。」

「已經不難過了，那是過去的事情了，只是不能否認真的很傷我，但我已經不難過了。」

「嗯，」紀牧唯點頭。「那妳喜歡雙數嗎？」

那天後，都華央也想過這個問題——她喜歡單定一嗎？

不管想幾次，她的答案都只有一個。

「我喜歡他，但是朋友那種喜歡。」

「那為什麼會跟他上床？」

「因為氣氛使然。」她老實回答。

「做完以後有比較好嗎？我是說，不會有什麼空虛或是後悔之類的？」

都華央失笑。「妳知道我怎麼想的嗎？我一點也不後悔，我覺得，在當時、當下就該那麼做。」

「妳確定？」

「再讓我選一次，當下我依然會那麼做。」

「這就類似一夜情那樣吧？」紀牧唯歪頭。「但是跟好朋友，不會尷尬嗎？」

「我是不知道他怎麼想的，隔天起來他喊著頭痛，最後也是穿好衣服就回去了，直到今天。」

「都沒有聯絡？」

「有。但都沒提到那晚的事情，但不能不提，勢必要提的。」

「嗯，做都做了，假裝沒這回事也不是明智之舉。雖然和好朋友上床不是什麼罪大惡極的事情，可是就是回不去了，你們不可能再回到單純的友誼了，再來只能漸行漸遠，或是成為情侶了。」

都華央聳聳肩，同意紀牧唯的話。「或是還有另一種。」

「什麼？」紀牧唯一邊用叉子戳著豬排，忽然間又瞪大了眼睛。「不會吧，妳是要說……」

「紀牧唯，就跟我上次說的一樣，雖然遇到很多糟糕的事情，可是我們都還相信愛情，只是不是那種盲目的、相信王子會來的那種，我們不需要王子。」

「世界上也沒有王子。」紀牧唯舉起另一隻手翻了白眼數著。「有啦，英國、丹麥有王子啦！」

講完，兩人大笑。

「我還會談戀愛，只是現在不需要戀愛。」

紀牧唯歪頭，轉轉眼珠子想了想，露出微笑道：「我也是。」

她們彼此相視微笑，一種帶著玩味、屬於女人的微笑，不再天真。

⋯⋯

這麼多年來，一直以為愛情就是那樣。

雖然我沒有傻到相信童話故事，那種唱一首歌便能在一起，或是初戀就能永恆。太不切實際了。

但我也曾經想過，某天會出現如同王子與公主那般的命中註定。

是這一個了吧？不是？

那是這一個了吧？也不是？

最終發現，人來人往，原來每一個都只是過客。

當下也許是對的，之後卻變成了錯的。

我們也許都沒錯，只是緣分盡了。

緣盡時就該鬆手，緊抓不放，最終只會傷害。

人總是在經歷了傷害過後，才會察覺很多事情的可笑；總是要在所有的愛情夢都被打碎後，才會學到冷眼旁觀。

不是妳不再天真單純、不再相信愛情，而是明白，愛情裡有多少現實。

妳只是更懂得保護自己，更懂得觀察別人。妳還是會去愛，只是不會跟以前一樣傻傻向前。

也許經歷了傷害，才更懂得放手。

愛情不是神話，但也差不多了。

所以今天，我萌生出了一個想法，連自己都感到訝異。

我現在不需要愛情，需要的是宛如愛情的存在。

卻又不必承擔一個女朋友的角色與義務。

送出今天的文章，都華央看了時間，十點多，她打開LINE，點開單定一的視窗。正思索著第一句話該打些什麼，單定一正巧也敲她了。

單定一說：在家嗎？

都華央說：在。

單定一說：有空吧？現在。

都華央說：有。

單定一說：妳有沒有覺得，幾天前的事情很荒唐？

都華央說：荒唐嗎？

單定一說：妳會不會後悔？

都華央說：你呢？

單定一說：我想也許，我們該見面談。

都華央說：我想也是。

單定一說：我在妳家樓下。

她看著螢幕上的字，半信半疑地來到窗邊，果然看見單定一的車。

都華央說：上來吧，我開門了。

單定一說：要吃點什麼嗎？

都華央不禁笑了，即便上了床，他們之間的關係還是這麼自然嗎？

都華央說：隨便吧。

單定一說：那就等我一下。

都華央說：嗯。

幾分鐘後，單定一提著鹹酥雞出現在她家玄關。

「是巷口那一間嗎？」都華央拿出室內拖鞋。

「是啊，今天很幸運沒什麼人。」單定一將鹹酥雞遞給她，接著脫下外套自動掛在一旁的衣架上。

「剛好家裡還有剩可樂。」都華央從小冰箱拿出大罐可樂，倒了兩杯放在小桌子上。

單定一坐下。「有我想看的節目重播，我轉台嘍。」
現在是什麼情況啊？
兩個人和諧地吃著鹹酥雞配可樂，而且一起看著電視節目哈哈大笑。
但是，都華央卻不意外。
因為除了上床，他們既沒談情也沒說愛，這是一段不需要感覺尷尬的關係。
於是兩人終於將鹹酥雞吃完，收拾桌面完畢，電視節目也演完了。
才是今天見面的目的。
忽然間，緊張蔓延開來。啊，畢竟純友誼的時間已經過了，他們終要面對那晚的事情。
先關掉電視的是都華央。她坐到單定一身邊，只見對方抓了後腦杓一下，抬起頭看著她。「這麼正式，總覺得有些難以啟齒。」
「還是你需要喝點酒？」都華央提議。
「別開玩笑了。」他先是笑了，但看著都華央認真的臉又說：「真的？」
都華央走到小冰箱前面，拿出兩罐小小的、在便利商店買的紅酒。
「喝一點，才能說出不敢說的話，不是嗎？」

單定一看著紅酒，皺起眉頭道：「怎麼現在變成妳在帶領我了。」打開了瓶蓋，都華央先喝了一大口。單定一說那樣喝會醉的，紅酒的後勁可是非常強，她卻回嘴就是這樣才能說出想說的話。

酒酣耳熱，兩個人的距離又靠近了些。酒精的確能使人略微放鬆，而這次在燈光明亮之下，她因喝酒而紅透了的臉龐很是動人。

「那一天的事情，妳會後悔嗎？」

「你呢？」都華央反問。

單定一搖頭笑了。「怎麼可能？但我覺得是乘人之危。」

「怎麼會？」

「畢竟妳正在傷心，那時候如果是其他人，是不是妳也會依靠？」

都華央皺起眉頭，紅通通的小嘴噘起。「這樣講，我就不是很高興了。不是你，我就不會那麼做，但這也不表示我喜歡你。」

「我知道。」

「你也是，不是嗎？」

單定一很不想附和，但還是苦笑著點頭。

他們都承認，那只是性，不是性愛。

因愛而性，是一般論。

單純的性，則是氣氛使然、生理需求。

在那個當下，一個不討厭，甚至可以說還算喜歡的異性在身邊，誰會拒絕呢？

「如果妳想要當作沒發生過，當回朋友，我也可以當這件事情不曾存在。」單定一肯定道。

都華央點點頭。「如果再有一次機會，你會怎麼選擇？」

「天哪，別問這種假設性問題好嗎？」單定一往後一癱，倚靠著床邊。

都華央靠向他。「我就是問了。」

單定一看著她白裡透紅的肌膚，眼睛又往下看向她的腿，最後搖頭說：「我一定還是會做的，這種事情妳也知道吧？無關愛。」

「無關愛。」她同意。「如果我們就這樣交往了，我覺得很奇怪。我們喜歡彼此，但僅止於朋友。」單定一也點點頭。「但如果就這樣當回朋友，我又覺得有點可惜。」

「可惜？」單定一瞪大眼睛。「我有聽錯嗎？」

都華央再次拿起桌上的紅酒喝了口，才吐氣道：「說白了，我想要跟你保持這樣的關係，但不要交往。」

單定一的表情更是驚訝。

「我們像是男女朋友，做任何男女朋友會做的事情，但我們不用盡到男女朋友的義務或責任，彼此就跟之前一樣，各過各的生活，只是會上床。」都華央看著他的眼睛。

「妳是說炮友？」

都華央皺眉。「也許你可以用床伴這個詞。」

「妳是認真的嗎？」

「是的。」

「華央，妳對我提議這種事情，老實說我不知道該怎麼回答妳。」

老實說，單定一會回答什麼，她早就心裡有數。

如果夠了解男人，不，其實只要看透到某種程度，就會知道沒有男人會拒絕這樣的提議。

能碰又不用負責，誰會拒絕？

「我知道我有些朋友也有炮……我是說床伴，但我不知道我能不能做到，要怎麼拿捏這份關係？」

「拿捏？」都華央不明白。

「就是說，每次我打電話給妳，是不是就是要上床？還是有別的事情？那如果要上床，又要怎麼說？『我想做』這樣？」

都華央有些訝異，沒想到單定一會苦惱於這種小地方。

「我覺得你想太多了，我們就跟之前一樣相處就好，沒人陪或無聊的時候，可以吃飯看電影，那之後怎樣就順其自然。」她說。

「……說得很容易，但真的有辦法這樣？」單定一猶豫。

忽然間，她明白了。單定一並不是真的在意那些小細節，而是要一個證明，又或是確認。

「單定一，我只想和你保持好聚好散的肉體關係。」

單定一的眼眸露出了一絲絲放心。他要的就是這樣的確定。

他不想要口頭上說好輕鬆無負擔的關係，一邊還得小心翼翼未來可能發生甩不掉的糾纏，所以他要一個承諾，讓他無後顧之憂的承諾。

原來男人也會跟女人一樣，要個承諾，只是女人要的是「永遠愛我」，而男人要的是「永遠自由」。

然而，如果他們兩個想維持不緊繃的關係，就不能干預對方太多，不論未來或是過去，都不討論。

因為他們的這段關係，只是滿足雙方的生理需求，激情過後，人前依舊是若無其事的好朋友。

於是，這樣確定了後，單定一大膽地靠向都華央，再一次將她擁入懷中。

都華央沒有拒絕。

事實上，她還挺懷念單定一的擁抱，因為他的身形、身材都是她喜歡的。他的懷抱很溫暖，像是一個舒服的避風港。

「但有關妳剛剛說到，沒有愛的這部分，我想更正一下。」他的手在都華央光滑的背後游移著，嘴唇輕輕靠在她的頸邊。「朋友之情也是一種愛，我們之間的性比起那種單純發洩性慾的人們，稍微好了些。」

聽著單定一自圓其說的話，都華央倒也不想否認就是。

她閉起眼睛感受他溫熱的手掌伸入她的衣服中，撫摸她細緻的肌膚。

朋友之情是一種愛，但這種愛不是愛情，也有可能永遠不會成為愛情。

可男女間的友情應該是無欲無求，才稱得上是純友誼，如今，他們已經回不去那時候。

都華央雙手勾上他的肩，單定一凝望她，她眼中有他、他眼中有她，交纏的舌與身，紀念這段友情結束，迎來另一層關係。

———

留言者：小米粥

留言內容：現在每天來看文真的是我精神糧食之一了，加油呀！毛毛蟲小姐。

留言者：呆歡

留言內容：我也不相信王子與公主最後真的可以永遠幸福快樂，但我覺得現實中應該還是有白頭偕老的人吧……

留言者：青蛙
留言內容：哇，這一篇也講得太現實了吧！卻很中肯，的確受傷過才知道世界上男人都一樣。

留言者：好男人
留言內容：也是有很多女人很糟糕，傷害了清純的男人！

留言者：過帆
留言內容：妳這邊熱鬧起來了。我同意彼此傷害後才能成長，但也就因為被傷害過了才會不相信任何事情。有時候是一種惡性循環，對愛情保有天真浪漫的人遇到現實中的對象，接著感受到了愛情中的自私與現實，而後也成為了自私的一環，就這樣子延續、發酵，導致所有人都不相信愛情。但要我說的話，即便被傷害過，我還是傾向相信。

都華央看著人氣數幾乎快到300，覺得很不可思議。

加上過帆第一次留這麼多話。

現在的午休時間，都華央都拿來回應留言。既有熟面孔，也有生面孔，到底他們是從哪裡找到自己的文章？

「妳的部落格？」傅小雨剛洗完餐盤走回位子上時，正巧看見都華央的螢幕。

都華央下意識地想要遮擋螢幕，但手上的動作太遲，已經被傅小雨看見。事到如今再遮掩也太過刻意，她只能假裝。「沒有啦，我隨便亂點點到的。」

「是喔？」傅小雨稍微打量了部落格頁面。「不過這版面好單調，吸引不了什麼人。」

「單調？」

「妳去部落格的首頁看，有很多當週人氣排行榜之類的，隨便點一個進去，他們的部落格都弄得很有風格，視覺震撼、版面吸引人的話，就會讓訪客想要停留比較久。但有些人很多此一舉，喜歡用背景音樂，那種的我不喜歡，很吵。」傅小雨用餐巾紙擦乾餐盒，放到便當袋裡頭。

「是喔，我都不知道還有這樣的學問。」都華央看著傅小雨，餘光正巧對上後面的溫立言。

自從上次過後，溫立言已經不再找機會靠近自己。如今她才領悟，也許溫立言一開始就知道自己並不是傅小雨口中那種愛玩的女生。或許他有所存疑，又或許他真的知道她單純，想藉由她的單純得到些什麼。

之所以會說她愛玩，只是為了減輕他自己的罪惡感，為了將自己偷吃的理由正當化，把錯都推到她身上。

所以當她嚴正拒絕，並且發出最後通牒時，溫立言才收手。

現在她對溫立言這個男人的評價已經低到不能再低了，他也許是個好上司、好同事、好工作夥伴，但不會是好男友、好老公。

都三十幾歲的人了，怎麼還定不下心？

「永遠不要想改變一個男人，除非他自己願意改變。」

那天她和單定一赤裸著身體依偎在床上時，再次討論到這個話題。

單定一一手撫摸她光滑的背，另一手正與她的手指纏繞著。

「所以說男人願不願意改變的點，是取決於愛嗎？」都華央皺著眉。

「簡單來說是吧，如果他夠愛一個人，是會願意為了那個人而改變。」單定一並不否認。

「這就難怪女人總要問『你如果愛我為什麼做不到』這種不理性的話啦，因為我們都知道如果夠愛就做得到，偏偏又不想承認自己其實沒那麼重要。」都華央拍掉他的手，撐在他的胸膛上看著他。

「愛也有分等級啊，但我能保證的是當女人用愛來威脅的時候，大部分的男人都會立刻冷下來吧。」單定一的氣息吐在她的臉上，忽然，手掌就壓下她的後腦，再次深吻她。

他們陶醉在這個吻中，單定一翻了個身，再次將她壓在身下。

好奇怪啊，這份沒有愛的性，卻教人如此沉迷。

「You meet thousands of people, none of them really touch you, and then you meet one person, and your life is changed forever.」

「你說什麼？」她喘息著，手勾上單定一因汗水而變得濕滑的背。

「《Love & Other Drugs》，看過嗎？」

都華央搖頭，此刻只想閉上眼享受。

「結尾時的一段話。」單定一說完，再次深吻了她。

上床已經成為他們近乎日常的相處模式，偶爾纏綿後還會抱在一起談心，然後再次纏綿。

只是單定一從來不會在她租屋處過夜，這條界線，他守得很實。

「想什麼？」忽然傅小雨用手肘頂了頂都華央。

「睜著眼睛睡著了。」都華央扯扯嘴角。

「白日夢啊？哈。我推薦這個部落格，美妝天后，她會介紹很多平價化妝品。」傅小雨的螢幕顯示在一個五彩繽紛的頁面，最上面的橫幅放著彩妝瓶瓶罐罐的照片。

滑鼠往下，則有著今日人氣標籤的主旨，文章則是試用化妝品的心得感想，且都是單一品項，例如這一篇是介紹最近火紅的韓系保養聖品；文字不多，但照片卻很詳細。

「妳知道現代人資訊爆炸，就算文筆再好、文章再生動，大家也很難有耐心看完，所以圖片才是重點。這個部落客的圖片都拍得很清楚，所以我很愛來逛。」傅小雨誠心介紹，往下滑動頁面。「看，她就連文章分類都做得很詳細。」

都華央仔細看了下，這一個部落客專走美妝路線，分類有保養、指甲、化妝、美髮等等，也有一些美食、國內外遊記等。

最重要的是人氣，現在不過中午過一點，她的累積人氣居然有十萬以上。

「她是很有人氣的部落客嗎？」都華央被數字嚇到了。

「嗯，還可以吧，不過我看過人氣更高的，有些一天有二十幾萬是基本。」傅小雨聳聳肩。

真的是隔行如隔山，這是一個都華央完全不熟悉的世界。

於是回家後，她很仔細地研究了部落格這門學問。一開始只是藉由平台抒發感想，但現在多了網友留言，她有了另一種想經營的念頭。

如果他們進來看見版面很吸引人，也會比較開心吧？

傅小雨的話讓她有點明白，自己的部落格雖然沒有圖，文字卻不多，屬於一、兩分鐘就可以看完的長度。

所以這也是他們會經常來看的原因吧！

首先要做的是將自己的部落格定位清楚。她看了所有部落格總站的分類，最後將自己的部落格定在「心情日記」。

再來就是將文章一一分類，簡單分為職場、情事、生活。

取完分類資料夾名稱後，都華央覺得自己的用詞真是平凡無幾，這中規中矩的分類名稱是怎麼回事？一點也不有趣。

所以她刪掉，重新來過。

回到初衷，這裡本來就是她的心情日誌……她靈光一現，最好的分類還能怎樣呢？一月、二月、三月……這就是最好的分類，用年分、月分去歸類的心情日誌，心情就是心情，何須將心情分類呢？

接著都華央更改了版面介面，換上白色底色，並將最上頭的橫幅換上鮮豔的馬卡龍圖案，視覺效果忽然增強了一百倍。

回到部落格首頁看著自己的成果，都華央的心情好多了。

希望他為我改變，如果他夠愛我，他會願意為我改變的。

為什麼希望我為你改變呢？如果你夠愛我，應該會愛我原本的樣子，為什麼要我改變原有的樣子迎合你？

我們都這樣有著雙重標準，矛盾的「寬以律己、嚴以待人」。
不斷地在這樣的想法中輪迴，每談一次戀愛，總是被與眾不同的他所吸引。
但到頭來我們才發現，當初愛上他哪一點，最後也會因為那一點而分手。
我們總是會被與自己背道而馳的人所吸引，但最後還是只能跟自己相似的人才有辦法相處。

人總說門當戶對，到了如今我才知道，這裡的門當戶對，不僅僅只有「家世背景」這麼簡單。
而是價值觀。
人的生長環境會造就自己的價值觀，不可否認地，那是難以更改的一種觀念。
不能要求從小就習慣坐房車出門的人，忽然要他陪你騎腳踏車。
不能要求從小就習慣家中有廚師的人，忽然要他跟你享受夜市的美好。
很多事情需要磨合與互相，也許最後其中一方會妥協，你們會找到彼此的折衷點。

但也許到了最後，發現什麼都改變不了。
但總歸是嘗試過了，總歸是我們都努力過了。
總不能穿太大的鞋，會掉。
總不能穿太緊的鞋，會痛。
唯有磨合的鞋，才能走得長久。
原來那句「好的鞋能帶你去好的地方」也能夠用在這裡，而且如此貼切。

留言者：小米粥
留言內容：哇！版面換了！馬卡龍看起來好好吃吔！

留言者：阿鄂
留言內容：太大的鞋可以塞鞋墊，太小的鞋可以楦頭，我覺得一切都是有沒有心的問題。

留言者：踢踢

留言內容：我很討厭門當戶對這詞啊，聽起來很勢利，但毛毛蟲小姐說的沒錯吔……價值觀這一點真的很難克服，最近我充分感受到……

留言者：過帆

留言內容：新版面看了很舒服，分類也很有風格。話說，如果有人為了我改變，那還真是沉重啊。如果不會在一起到最後，她迎合了我的喜好，而改變了自己的本質，那她還是她嗎？

都華央看著過帆的留言，深深思索著。

為了某個人而改變自己原本的特質，當那個人離開後，剩下的自己還是自己嗎？或者只是被那個人一手調教出來的「作品」？

留言回覆：我想所謂的改變，是建立在心甘情願以及變得更好的前提之下。有個問題是，當另一半為你改變對你而言是沉重時，是否表示你的愛已經不夠？

打完這段話，都華央笑了起來。有愛的時候什麼都可愛，愛消散了後什麼都厭煩，就是這樣的道理。

「**在家吧？**」單定一傳了訊息過來。

「**要過來？**」她回應。

「**順便帶鹹酥雞？**」

「**不了，你每次來都帶消夜，我胖了。**」都華央附上一個哭哭的圖案。

「**沒有感覺啊，身材還是挺好的。**」單定一附上一個曖昧的笑容。

「**哈哈。**」

回應完後，她看著手機螢幕。他們兩個的對話，還真是奇怪。

當單定一按了電鈴，都華央開門的瞬間，他就先給了她一個吻，都華央拍了拍他的後腦，要他別不正經。

於是兩個人一起洗澡，其間他們聊了工作上的事情、公司同事等等。彼此工作領域不同，沒辦法互給建議，就只是聽著而已。

後來他幫她吹頭髮，他們一起看著電視節目時，單定一會從後面環抱著她。

然後那雙手就會往胸口移動，毫不猶豫地探索著，接下來電視演些什麼，他們都不知道了，他會忘我地在她身體內衝刺，而她則會緊抓著他的背，留下一道道指甲痕跡。

這樣的關係，有時候會讓她迷惑。

明明不是男女朋友，做的事情卻像是男女朋友。

但兩人相處得如此和平，會不會正是因為兩人不是男女朋友，所以很多地方不需要磨合，價值觀、個性、喜好什麼的，他們通通不需要在乎。

他們唯一要在乎的，就只有床上的契合度。

而單定一在床事方面無疑是個中好手，他很懂得什麼時候該觸碰哪裡，兩個人互動得如此完美無缺。

都華央幾乎沒有感受過如此輕鬆的性愛，只要專心感受自己，不用在意對方的感覺，這種無負擔的性。

我聽說過一種說法。

有男友的女人和有女友的男人，就是最好的性伴侶。

因為彼此都不想破壞現有的生活，所以彼此有伴侶會是最好的枷鎖。這樣的男人與女人配合得最好，無論是床上還是現實，他們會配合對方要的任何性癖，最重要的是會記得擦嘴，而且擦得一乾二淨。

所以說，男人與女人之間有純友誼？

當我們問另一半：「你跟那個女人也太要好了吧？是不是有鬼！」男人大多都會一笑置之地說：「拜託！她有男朋友呢！」

「哦，是喔，原來她有男朋友了啊。」

這樣是不是放心了？

但現在，我們也許該回：「那又如何？她有男友，又如何？」

現代人對感情，已不再那麼忠貞了。

只能退而求其次地說，偷吃，請擦嘴。

並且將這個祕密帶到棺材裡，永遠別讓我知道。

留言者：閃爍

留言內容：但愛情不是應該要誠實以對嗎……

留言者：小米粥
留言內容：今天的發文好犀利，毛毛蟲小姐要轉型了嗎 lol

留言者：阿鄂
留言內容：……不得不說我同意。

留言者：F
留言內容：我有過這樣的經驗。要說沒有罪惡感是騙人的，但意外的是這份罪惡感只停留在高潮的瞬間，過了就啥都沒有，下次呢？還是會做。愛呀，不是做了就會有嗎？

這一篇，過帆沒有來回應呢。

都華央看了看右下角的時間，距離發文不到十五分鐘，她居然就注意起了回應次數。

新留言者閃爍，一定還是個小女孩。

愛情該誠實沒錯，但面對現實吧，愛情裡的謊言遠比實話更多。
這也就是大家依然相安無事的原因。
她回想起大學時候，如果當時趙宇廷說實話，她會怎麼做？甩他一巴掌瀟灑離去？和前好友攤開來講明白？苦苦哀求趙宇廷回到自己身邊？很大的可能是，在當時，都華央會選擇第三種，但最終只會導向一種結果。趙宇廷兩邊都不放手，他們三個人都要痛苦好一陣子。
忽然間，她感謝起了命運，也感謝起不誠實。
因為當下，如果誠實了，都華央會想：「至少他老實對我說了，他還有救，我還可以原諒他，因為至少他誠實了。」
她是這樣的人，所以上天選了適合她的方式，讓她親眼見到那殘忍的一幕。唯有這樣，她才會離開。

Chapter 10

任何一段關係都有結束的一天。
這段關係的「最後」會是什麼？

門口傳來電鈴的聲響，都華央以為是單定一，興沖沖地過去開門，卻見著了莫云諳。

她看起來似乎有些憔悴，不過還是淺笑著說：「妳男友在嗎？我方便進去嗎？」

「啊，當然歡迎！」都華央往後一退。「我們好久沒有聊天了吔。」

「是呀，最近妳男友都在，所以也不方便。」莫云諳笑了下，踏入她家中。

「嗯，他不是我男友啦。」都華央決定和莫云諳老實說。

「不是妳男友？可是我……」莫云諳看起來有點猶豫，思考了一下，有些害羞地說：「但是這裡隔音不好，所以……」

這下子換都華央臉紅了。這也太尷尬。

「抱歉，我們會小聲一點。」都華央拿了兩罐啤酒。「他是我國中同學，重逢了以後因為一些原因，現在就是……會上床的朋友，這樣。」

「哇，沒想到妳會接受這樣的關係呢。」莫云諳這句話聽起來並沒有惡意。
「能把性和愛分開，這是很不容易的一件事情。」
「大概是因為我也戀愛得很累了吧！」都華央喝了口啤酒，思索了一下，想到剛才以為是單定一來訪而興沖沖去開門的自己，低聲地說：「有時候，我也會有點暈船。」
「在船上久了，都會暈船的。即便原先就知道不該暈船，可是，我們哪能預知海浪帶來的衝擊呢？」莫云諳嘆口氣。
「妳怎麼了嗎？」都華央覺得她有點不對勁。
「喔，沒什麼啦，我最近有點……不順遂，原本想來沾沾妳愛情的甜蜜。」莫云諳苦笑。「不過能沾到妳的果斷和明白自己要什麼的心，這比甜蜜重要多了。」
「妳發生什麼事——」都華央止聲，感受到莫云諳不願說，所以改為握住她的手。「無論怎麼樣，我相信妳都會找出最好的方法。」
「謝謝妳。」莫云諳誠摯地笑了下，喝完那罐啤酒。
那是她最後一次見到莫云諳。等到她發現的時候，莫云諳已經搬離租屋處了。
這時候她才發現，自己居然沒有留下莫云諳其他聯絡方式，這樣一位憧憬的鄰居姐姐，就這樣地消失在自己生命中了。

……

「妳再說一次？」紀牧唯瞪大眼睛。

最受歡迎的系列電影在今年出了續集，單定一興沖沖地表明好幾次想看那部電影，所以當紀牧唯提起想看、邀請都華央時，她拒絕了。

「我可能會跟雙數去看。」

「妳的床伴喔？」紀牧唯訝異她真有辦法和一個男人維持這樣的關係這麼久。

「撇除床伴這一點，我們還是朋友，以前也曾一起看電影。」

「嗯……好吧，那我就找別人去看。」紀牧唯攪拌著手中的湯匙，看著咖啡表面的漩渦道：「妳會不會喜歡上他啊？」

「雙數嗎？」

「我覺得妳是玩不起的那種女生吔，時間久了，一定會放感情。」紀牧唯有些擔憂。「畢竟女生應該不太能跟沒有好感的人持續上床吧？」

「我不否認這一點啊，雙數本來就是我可以接受的男人，但喜歡是另一回事。放心，我有分寸的。」

「我很了解妳的，都華央。」忽然間，紀牧唯壓低聲音，彷彿催眠般地喃喃：「即便妳走出來，或是有了新對象，還是成長了之類的，但是我知道，妳不是那種玩得起的人。」

都華央一愣，看著她真誠的雙眼，突然覺得自己的心開始擺盪，彷彿堅持的念頭搖搖欲墜地危險。

「不、不是，我一開始就知道遊戲規則。」

「但是華央，」紀牧唯的手覆上她的。「妳不可能跟毫無感情的人發展性關係的，我知道妳——」

「紀牧唯。」都華央趕緊出聲制止她。「我知道我在做什麼。」

潛意識中，她也明白單定一絕非一般人，畢竟是以前喜歡過的人。正是因為如此，她才會願意和他發展成這樣的關係。

並不是因為餘情未了，而是以那份暗戀為基底，展開了另一種連結，這樣不是更可以將性與愛分開嗎？

不，這不過是自圓其說。

她確實在期待單定一更多的關懷、更多的關注。因為她喜歡國中時期的他，喜歡身為朋友的他，喜歡與她上床後相擁的他。

可是面對紀牧唯，她就是沒辦法像面對莫云諳那樣坦率，為什麼呢？

大概是因為紀牧唯與她的生活緊緊相依，見過自己太多的不堪和過去，所以她不想再在紀牧唯面前表現出脆弱吧，否則，那不就回到大學時代了嗎？

「我現在是很有想法又獨立的女人，拿得起、放得下，不會患得患失。」

「好吧，妳自己抓好距離就好。」紀牧唯見她不想多談，也就作罷，轉移了話題。「對了，我找到新工作了！」

「真的嗎？哪一方面的？」

「雜誌社的美編，薪水雖然沒有之前的高，但好歹不用每天加班，因為出書固定啊，大概就是月中快底的時候忙一點。」紀牧唯撐著下巴。「而且是大集團旗下的子公司，福利方面還不賴。」

「恭喜妳吔！」都華央真心誠意。

「那我也祝福妳，如果動心的話，能和雙數快點確立關係。如果想甩了他，也能夠乾淨俐落，保佑他不會忽然變成恐怖情人。」

「嗯，妳的祝福很實用。」都華央接受了。

然而幾天過去，到了電影都快要下檔，單定一都沒有開口邀約。同時，大概是因為最近工作太忙的關係，他也沒有時常來找她了。

她不免有些失落，但想著既然兩人是平等關係，不見得單定一才能找自己，她也能主動出擊。

嘿，不是說想看系列電影嗎？什麼時候？

你看了那部電影嗎？要不要去看？

我有兩張票，我也想看那部片，你有空嗎？

都華央在手機裡反覆打著以上句子，又反覆刪除，覺得自己究竟在幹什麼。

為什麼連打給單定一的訊息都還需要打草稿？

她放下手機。還是等單定一邀約吧！

於是，直到部落格人氣日日破500，直到單定一又和自己發生了幾次關係，直到這部電影下檔，單定一都沒有邀請她。

某天，都華央更新完部落格轉到ＨＢＯ台，正巧播放著《Love & Other Drugs》，是單定一說的那部片，《愛情藥不藥》。

出於好奇，她看下去。

男女主角正像她跟單定一，維持著肉體關係。女主角有帕金森氏症，所以不想要長遠的關係，男主角一開始也只想維持這樣單純的關係。

而後如都華央所想的，日久生情，男主角先愛上了女主角。

這段關係在最後有了還算是完美的結局，然而在結局時，男主角說的那句話，就是當時單定一所說的。

You meet thousands of people, none of them really touch you, and then you meet one person, and your life is changed forever.

你遇見成千上萬的人，但沒有任何一個可以觸動你的心，直到你遇見了某個人，人生就此改變。

聽到這句話的時候，都華央居然掉下眼淚。

她從未細想過自己和單定一的關係，但在這部片以後，她開始思考，這段關係的「最後」會是什麼？

任何一段關係都有結束的一天。

她看著手機螢幕，想著自己這些日子一直等待單定一邀約的那場電影，忽然迷惘起來。

兩人結束了純友誼的關係、展開床伴關係的時候，她沒想過結束的一天，現在卻忽然意識到了。

有一天，他們終將要結束。

會怎麼結束？

是其中一人說想結束，還是其中一人先找到了另一半？

最好的是，有人說出口；最不好的是，這段關係結束得莫名。

不可否認的是，先「結束」的人一定比較瀟灑。

只是那句台詞，為什麼單定一要對自己說那句台詞？

那是喜歡著自己的意思嗎？

不，這是什麼暈船後才會有的想法。

都華央告訴自己，不論她和單定一的結局是什麼，都要笑著欣然接受。

……

當單定一從都華央的身上下來，躺在身邊時，她忍住想倚靠他的衝動。這幾乎成了她的習慣。

「結果你有看那部電影了嗎？」她隨口問。

「喔，看了啊，我和公司同事去看。」單定一起身。「我可以抽菸吧？」

都華央點頭，他穿起內褲，站到窗邊打開，點起了菸。

什麼時候開始，他們的性關係，真的成為了單純的性關係？

最初，明明兩人還會相互依偎，還會談天說地。

但現在，結束後，單定一會起來洗澡、抽菸，或是直接回家。

看著單定一的側臉，風吹動他的髮，他的眼神看得很遠，像是在想事情。

「我們總是在妳房間做。」他捻熄菸，丟到一旁的飲料罐內，爬回床上。「下次換個地方吧？」

「你家？」都華央問。

微微一瞬間，單定一皺起眉頭。

在那個眼神裡，她看見了抗拒。

「不，我們到飯店去看看吧。」他提議。

「嗯，也可以。」都華央微笑。

卻無法忽視內心的動搖。

她忽然意識到，對單定一來說，把一個女人帶回家並發生關係，是一件多麼重要且特別的事情。

為此，她感到一陣心酸，發現自己忽然間懂了當時單定一說的「拿捏」。

原來他指的拿捏，並不只是「是否與妳聯絡就是要上床」的情境，還有那些像是「聯絡又該說些什麼」、「每次出去是否同行」、「我們有多少事情該分享給對方」等等。

嘴上說著像以前一樣，只是會上床。

但這種距離很難掌握，她現在才想，他們發展成這樣的關係，究竟是更靠近對方，還是彼此推離了？

反而像是奠定了「最多只到這裡」的感覺。

在密閉的空間裡，他們會擁抱著看電視，會親暱地磨蹭彼此，其他公開場合，他們連手也不會牽。

這才是正常的，只是有好幾次，她差點要牽上單定一的手。

當初擔心難以拿捏的單定一，反而是最會處理這樣關係的人。

反倒是都華央，一切的界線都模糊了。

「單定一。」她喊了他名字。

「嗯？」

「我那天看見電影台在演《愛情藥不藥》。」

「哦，妳之前沒看過？」

都華央搖頭。「那一句台詞，你之前也有講過。」

「嗯，我很喜歡那一句。」

都華央鼓起勇氣問：「為什麼要講那句？有什麼特別意思嗎？」

因為那句台詞的意思看起來，是喜歡著，是正面的，是想要進一步發展的。

所以她要確認才行。

單定一看著裸身的都華央，伸手摸上她的胸，輕輕揉了幾下，然後吻上她的唇。那帶有菸味的苦澀，她並不喜歡，可是為什麼，她卻不想推開？

「成千上萬個人，只有一個不一樣，其他都一樣。」單定一呢喃著，再一次進入了她。

但他並沒有留下來過夜。

－－－

「這份文件上的數字錯了！快快快，明天董事長就要看了！」溫立言難得驚慌地在辦公室大吼，所有人都收起平時玩笑的面容，全力找尋出錯的地方。

幾萬筆資料必須一一核對，少一個零，差很多。

都華央盯著螢幕，眼睛都酸了，最後在大家同心協力之下，終於發現錯誤的數據位置。

急匆匆的，傅小雨更改報表，都華央重拉樞紐表，而其他人則趕做圓餅圖與長條圖，溫立言桌上則堆著好幾疊報告，彼此分工合作。

網路部的人來電催促，說只差管理部的年度報表沒交出來，他們必須趕在六點前 Mail 給國外的董事長，好讓他在歐洲回台灣的飛機上看。

「就快好了，最後一頁！」都華央急忙大喊著。她在做最後確認，終於將檔案傳送到共用區，所有人鬆了一口氣。

「董事長也太拚了吧，在飛機上看所有文件，一回台灣就立刻開會……」

「他可能在公司裝監視器，跨海看我們忙得要死的模樣覺得很開心吧……」

整個管理部的人都像死了般，虛脫地趴在桌上喘息。明明沒大量運動，卻像是跑了一場馬拉松般。

手機訊息聲響起，都華央滑開，是單定一傳來的訊息，表示已經在樓下。

「我要走了。」

「別忘了明天要嚴加戒備……」傅小雨依然趴在桌上，揮手提醒。

下樓前，都華央先到廁所查看妝容，補了一些遮瑕膏、打上腮紅，整理了瀏海後才坐電梯下去。

單定一在車內滑著手機，她打開副駕駛座的門，單定一將手機收起，看著她上車後往前方駛去。

對於單定一沒發現自己有些疲累這一點，都華央既慶幸又有些失望。他們一路上甚至沒聊天，就這麼驅車前往飯店。他們的會面，就是為了在飯店做愛。

這讓都華央覺得煩悶無比。剛開始時，她明明就還很享受這樣沒有負擔的關係，但不過幾個月，她的心情已經不一樣了。

當兩人站在富麗堂皇的飯店大廳，看著櫃檯前的單定一，她覺得有股說不上來的煩悶。

她坐到大廳旁的沙發上，搜尋網路上類似經驗的分享文。

他發現我喜歡上他了，所以漸漸遠離我了……

我開始後悔，當初會什麼會和他發展成這樣的關係，現在我們都回不去單純的朋友關係，卻又無法更進一步。我們都是埋葬這段純粹友情的殘忍凶手！

我以為我玩得起這個遊戲，卻發現在這層關係上，女人永遠玩不過男人。

哦，這些分享文到最後，都是女人喜歡上了對方。

但電影不是這樣演的啊，舉凡類似題材的劇情都是男人喜歡上女人，而女人急著遠離。

都華央嘆了一口氣。是啊，電影總是與事實相反，電影演的都是夢。

「房間好了。」單定一走到她旁邊，都華央站起來，他率先轉身往電梯走。

都華央看著他的背影。

她居然有些小小的期待，也許單定一會拉起她的手。

若說女人要跟有好感的男人才能上床，那從一開始，女人就已經投入了感情。這場遊戲在最初始，女人就已經輸了，所以到了最後，受傷最深的往往是女人。

一進到飯店房間，她才剛放下包包，單定一便從後面環住她。

「妳今天看起來很累。」

他注意到這件事情，讓都華央十分驚喜。

「因為一些文件出錯了。」她抓著從背後環來的他的手臂。

「所以還好嗎？」

「嗯，處理好了。」

「那就好。」單定一親吻她的頸間，都華央輕輕呻吟。「妳身上好香。」

他低聲說，她卻疑惑地想著，這些看似曖昧的話語，是有意義的嗎？

單定一將都華央轉向自己，仔細看著她的臉，先是親吻了她眼睛下方的臉頰，接著凝望她一會兒，再次交纏。

都華央回應著他，內心的矛盾卻越來越強烈。

這份關係，真的是太奇怪了。

當單定一在自己體內時，都華央卻是看著他的眼睛。他並沒有張開眼，他們之間的性愛沒有眼神交流。

這瞬間，她好想哭。

因為她喜歡上單定一了，然而單定一沒有。

原來，她並沒有自己想像中的瀟灑。

都華央明白自己已經暈船了。

她每天都在期待著，今天的單定一。

通往男人心的路是胃，通往女人心的路是陰道。

陰道會通往女人的心。

或許最初，她答應了和單定一上床，並接受這段性關係可以持續下去時，已經是一種愛的付出了。只是當時的她佯裝瀟灑地認為，自己只需要肉體關係。

所以在這個夜晚，當單定一壓在她身上，她看著天花板時，懵懂地意識到，自己的心早在很久以前，就對單定一敞開，才會在重逢以後對他毫不抗拒。

性與愛，究竟是密不可分，或是能劃分乾淨？

她看著單定一的側臉，不禁覺得這句話可笑至極，他們明明纏綿無數次，卻覺得心裡的距離越來越遠。

他們多久沒有好好聊天了？

當她奢求與一個上床的男人聊天時，是不是逾越了床伴的身分？

會聊天，不會上床，這是朋友。

會聊天，會上床，這是男朋友。

床伴的關係，就是不會聊天，可是會上床。

她自己都無法真正確定，她要在單定一身上尋求什麼。

愛情？友情？陪伴？性？

側身起來穿好衣服，拿起一旁的包，離開房間前，床上的他翻了身。

「要走了？」單定一甚至沒有張開眼睛。

「嗯，時間也快到了。」

「那妳先走吧。」說完，鼾聲再次沉穩響起。

她再次苦笑，覺得內心無比酸澀。

筆直的紅色地毯，一路通往走廊尾端的電梯。按下一樓，來到富麗堂皇的飯店大廳，擦身而過的服務人員對她親切微笑，櫃檯還有許多要入住的房客。

他們是情侶、是外遇、是出差、是出遊？

或者就像她和他一樣，只是普通的朋友。

嗯，會上床的朋友。

站在夜晚的台北街景中，都華央忽然間放聲大哭起來。

她開始後悔了，在這一刻。

人就是不斷地後悔，對於所作所為。

在當下，我們都認為是最好的決定，在事後，卻後悔了那樣的決定。

如果真的能回到那時候，我們會再做出一樣的決定嗎？

我想還是會吧。我們會說，因為已經知道發生什麼事情了，所以能知道避免掉怎樣的狀況。

所以這一次一定能夠成功。

我們就這樣一次又一次地失敗了。

但失敗，乃成功之母。

言者：小米粥

留言內容：今天的文好短，不過毛毛蟲小姐要加油唷！

留言者：呆歡

留言內容：雖然老是看不太懂毛毛蟲小姐真的想表達的意思，卻很容易能代入到自己的事情裡面呢。

留言者：啦啦啦

留言內容：一直失敗就會成功，這讓我想到自己和男友的交往，一開始他超跩的，我費了很多心力才和他在一起，少說也被拒絕了N百次吧！

留言者：毛毛蟲迷

留言內容：我把毛毛蟲小姐所有的文都看完了，文字很吸引人呢，好像都是我們會遇見的事情，非常生活化，我想看看毛毛蟲小姐的照片。

留言者：過帆（悄悄話）

留言內容：我擅自將這一篇連結到與好友上床那一篇了。除非能晉升成情侶，否則大多數的人都會後悔跟好友上床。

過帆老是能抓到重點，老是能看穿自己。

文字果然可以了解一個人嗎？

都華央才不信，一個人在自己身邊、一個人進到自己的身體裡，都不見得能夠了解自己了，光靠文字，又怎麼能明白那個人呢？

一旁的當日人氣，已經攀升至2000。

這個數字到底準不準啊？

「久等了！」穿著合身牛仔褲和簡單T恤，紀牧唯揹著風將大包小包的東西放到一旁的椅子上。

「怎麼換了一間新公司就越穿越樸素？」都華央好笑道，闔上了筆電。

「這幾天剛好比較忙，所以我就……」

「胡說，妳以前在設計公司更忙，那時不是也光鮮亮麗？」

「嘿嘿！」紀牧唯傻笑。「好啦，老實跟妳講，新公司有個男的還不賴。」

「又有個男人不賴了？不是說不要隨便跟男同事在一起嗎？這一次我不鑑定了喔！」都華央先申明。

紀牧唯噘嘴。「我只是說還不賴，又沒說什麼。」

「好啦，不鬧妳了，有覺得不錯的對象是好事啊，是怎麼樣的人？」都華央洗耳恭聽。

「不是說過我們公司是大集團嗎？他是另一間子公司的人，最近因為兩邊子公司合作辦活動的關係，所以他常來我們這裡開會，就聊起天來了。」

「那這跟妳變得樸素有什麼關係？」都華央不解。

紀牧唯看起來有些不好意思。「之前良右的事情，我不是精心打扮嗎？」

「妳是說像是沒穿的那一次嗎？」都華央壞心地笑。

「妳很煩吔，我實在不願意承認，那時候怎麼會想說要用肉體誘惑啊！」紀牧唯遮著臉，為過往的舉止感到羞恥。

「妳那時候可不後悔，還說那也是武器呢。」所以很故意地，都華央提醒她。

「年輕啊～～」紀牧唯笑了起來。「如果要人家尊重我，首先我也該尊重自己，這是我從良右那件事情學來的經驗。」

都華央一愣，會心一笑。

「所以啦，我想讓那個男的認為我是好女孩，所以先暫時穿得普通一點，大概就是這樣幼稚的想法啦，哈哈。」紀牧唯聳聳肩。「反正我這邊的事情不重要，妳呢？跟妳的雙數怎麼樣了？」

「我猜是喜歡上他了吧。」

「果然！我就說吧！妳是玩不起什麼床伴關係的啦！」紀牧唯一點也不意外。

「我該怎麼辦？」

「告訴他，說妳喜歡上他了啊！」紀牧唯倒是坦蕩。

「不行，我們一開始就說過，只會維持這樣的關係。」

「但妳都喜歡上他了，這早就違背一開始的約定了啊！」紀牧唯兩手一攤。

「所以還在怕什麼？」

都華央說不上來。她幾乎能想像單定一的反應。

就算她喜歡他，她也明白單定一的想法。

他將性與愛分開，分得很清楚。

「不然這樣好了，以前你們見面可能只有上床，但現在換個方式。」紀牧唯手支著下巴往前湊。「妳約他見面，然後去看看電影吃吃晚餐，就各自回家。」

「不上床？」

「不上床，因為這是約會！」紀牧唯搖頭。「這是一個小小的轉折點，妳要讓他知道，你們見面不見得一定要上床，還是可以做些別的事情。」

「嗯……好吧。我試試看。」

「加油啊！華央，該幸福了妳！」紀牧唯打氣。

單定一說：我還在公司。
都華央說：今天要加班？
單定一說：應該是不用，只是會晚半小時吧。
都華央說：那我們還是見個面吧。
單定一說：那我下班直接去妳家。
都華央說：我們約在捷運站吧。
單定一說：捷運站？
都華央說：嗯，你先忙，下班再跟我說。

單定一沒有其他回應了，都華央茫然地看著訊息下方的已讀。辦公室其他同事都下班了，只剩她，在等待一個有親密關係，卻沒有親密關心的男人。

她點開部落格，回覆完留言後，先打了一篇網誌。

在面對每一段「關係」的最初，我們都坦蕩得自我。

相信自己可以永遠如此。
先改變的，是什麼？
是想要更多的那份貪求的心吧。
一開始的坦蕩，是因為我們無所欲求，只有最低限度。
我不需要你接送、我不需要你慰問、我不需要你擁著我入睡。
但當我們也付出了感情的時候，這一切都會變調。
為什麼你不接送我？為什麼你不安慰我？為什麼你不抱著我？
愛都會想得到回報的啊，愛都會自私的啊。
無欲無求的大愛，除非永不相見，才能達到那個境界。

都華央按下預約發文時間，設定在晚上十點。
看了看手錶，時間差不多，她決定先到捷運站。
她如同紀牧唯的建議一樣，決定今天不上床，只約會。
但她沒有將這件事情告訴單定一，因為她有些害怕，當單定一知道不上床，會不會就不來了？

何時他們的關係變得如此膚淺廉價？

單定一撥了電話給她，說自己下班了，而都華央也正巧來到捷運站。

「怎麼今天約捷運站？我可以直接到妳家。」單定一說著。

「我們先去吃個飯吧！」她提議。

「買去妳家吃吧，我好累。」他解開衣領的第一顆釦子。

「嗯……我想說，我們可以吃個飯、看個電影那樣。」都華央說出自己的計畫。

單定一皺起眉頭，有些訝異。

「我們很久沒一起看電影了。」她再次提議，手心冒汗。

「也是，好吧，反正週末，放鬆一下也好。」

單定一答應了。

都華央笑開來，忽然勾起他的手。單定一嚇了一跳，手往後縮起。

「怎麼了？」他看著發愣的都華央，乾笑起來。

「沒什麼，習慣。」她擠出一個笑容。

「別習慣啊，這種事情。」單定一用鼻子哼笑了聲。

電影演了什麼、晚餐吃了什麼，都華央全部沒有記憶，她只記得單定一那句要她別習慣的話，以及後來單定一和她都保持一定距離，並肩行走。

雖然紀牧唯說不要上床，可是在這種狀況下，都華央忽然覺得如果就這樣各自回家去，某些什麼，就會消失了。

但當她抬起頭，望向捷運車廂前方的玻璃時，列車正巧進入隧道。從玻璃的反射上，都華央看見了他的眼神，還有與她之間的微妙距離。

在那個瞬間，她明白單定一內心的盤算了。

所以車子抵達單定一家所在的捷運站，他準備下車時，都華央伸手拉住他，沒志氣地說：「你不過來？」

「下次吧。」單定一回握了一下她的手，然後推開。

她只能看著他頭也不回的背影，隱約中，她意料到，可能也不會有下次了。

他們這段關係的終結，如此淒涼。

留言者：小米粥

留言內容：毛毛蟲小姐兩天沒更文了，怎麼了嗎？
留言者：踢踢
留言內容：出國了嗎？怎麼沒文呢？？？
留言者：過帆
留言內容：我想毛毛蟲小姐現在還在蛹中吧。
留言者：米樂
留言內容：樓上，什麼意思？
留言者：呆歡
留言內容：我猜過帆的意思是說，毛毛蟲會成蛹，接著羽化成蝴蝶吧。
留言者：過帆

留言內容：沒錯><所以我們就耐心等待毛毛蟲小姐變成蝴蝶小姐吧。

留言者：布丁女孩

留言內容：那到時部落格名字不就要改了XDDD

都華央看著部落格，兩天沒更文，人氣依舊有上千；留言區有很多舊面孔，也有很多新面孔。

但她提不勁回應，茫然地點開臉書，看著單定一的塗鴉牆。

單定一

好吧，某人一直吵，我只能破天荒地寫個近況告知大家。

我有女朋友了，這樣可以了嗎？

發表的時間是看電影的隔天。

都華央不敢相信。他說著：「下次吧。」卻在隔天就發布有女友的消息，那不就表示他一邊跟她維持床伴關係，一邊追求其他女人？

都華央從沒想過這段關係會如此結束。

她潛意識認為，如果有了喜歡的人，如果想結束這段關係，單定一至少會親口告訴她。

而不是放在臉書上昭告天下，順便昭告她。

他該了解自己，該明白都華央不是會死纏爛打的女人。親口說，是對這段關係的尊重，是對都華央的尊重。

開始時，明明是兩個人面對面地決定，怎麼結束時，只有一個人決定呢？

這是感情不變的初衷吧，任何一段關係都是如此，開始時需要兩個人同意，結束時只需要一個人。

都華央的感情沒得到回報固然難過，但他該告知她，而不是這樣子。

她以為他們的緣分可以很長，沒想到會這麼短。

從國中認識到現在十年，一直以為會有下一個十年，下下個十年，卻沒想到人生這條路曲折離奇，如此變化多端，讓她與他的一切緣分赫然停止。

其實沒什麼好感傷，本來人與人之間的關係就是這樣，大家都說君子之交要淡如水。

我們一生都習慣了相聚與離別，只是有時候會想，也許不會再離別了，但是緣盡了，就不能期望沒有變化。

他的生活圈變了，我的生活圈也變了，我們都變了，以前的契合變成現在的不合。

這沒什麼，幼稚園時以為對方會是一輩子的朋友，畢業才發現連對方叫什麼都不會記得；國小同學大多數升上同一間國中，以為會繼續聯絡，但大家都忙著認識新朋友。

國中畢業後，我們期待著高中生活。高中畢業，那時我們都知道別離是理所當然。

朋友不會走一輩子。又應該說，我們可以選擇該跟誰聯絡，而誰該變成相片中的曾經，只有在看照片或是回憶過去時才會悠悠想起這個人。

這個世界上沒有什麼東西是一輩子的，但這感覺就像是近視一樣，小時候，度數總不斷在變動，這個月三百，半年後變成四百，習慣了度數一直改變；而到了某天，可能十八歲或二十歲，度數定下來了，從此不再變動。但等到二十五歲時才發現，近視又加深了。

原以為不會變，卻還是變了。

其實沒什麼好感傷的，天下無不散的筵席，這桌客人只是待了比較久，他們還要趕去下一攤，而我也要整理餐桌迎接下一桌客人。

P.S. 謝謝大家，毛毛蟲小姐算是羽化了吧（心靈上），但名稱不會改成「蝴蝶小姐」啦。

都華央內心的傷痛，比不上失落與氣憤。

但她也不打算告訴單定一自己的感受。

因為，單定一並沒有錯。

在一開始，他就說了，男人都一樣。

是都華央、是她們這些女人，以為這個他會不一樣。

在酒吧時，單定一就告訴過她，男人會把女人歸為三類。

「三個資料夾分別是炮友、女友、老婆。華央，有發現什麼嗎？」

「怎麼沒有『朋友』這個選項？」

「聰明，當一個女人被分配到『朋友』的資料夾時，就表示她不適合放在最上面的那些資料夾裡。也就是說，一個女人當不成老婆、女友，甚至連炮友也當不成，才會成為朋友。」

都華央原本是朋友，是她自己把自己拉到炮友的選項。

炮友是不會晉升成女友或老婆的。

和單定一結束關係以後，都華央的生活並沒什麼改變，一樣上班、一樣寫部落格，一樣過著自己的生活。

但她開始一個月做一次SPA，一個禮拜看完一本書，週末去慢跑，有時會犒賞自己吃一頓好料。

而這些事，都是她一個人。

為什麼以前會覺得一個人代表寂寞呢？

現在的時間，不也挺好？

她學會了和自己相處，不再寂寞，才不會在他人身上找尋慰藉。

人家說情場失意、賭場得意，也許真的是這樣。

她的部落格莫名其妙地登上了心情日記第一名，人氣也因此變得更高。到現在她依然搞不懂，只是寫寫一些經常不到千字的心情，卻能引起這麼大的回響。

她開始分享自己的生活，瑜伽、美食、下午茶，就是不放自己的照片。

她依舊保持神祕，畢竟她的部落格一開始就說了很多私人的事情。

果然跟傅小雨說的一樣，多了照片後，文章人氣提升得更快。

最近，更新部落格成了她生活的重心。

而另一件事情也變了，就是她終於願意開口提起前好友的名字，謝文琳。

趙宇廷和謝文琳。

然後，她去翻出那些被自己刻意藏起的、曾經與趙宇廷交往的所有回憶，以及和謝文琳出遊的照片等等東西。

他們曾經都很快樂，無論他們兩個是什麼時候背對著她私通，但都華央相信，在愛情與友情上，他們都曾經付出真心。

只是三人分開時太過難堪，才會忘了那些曾經。

她吐了一口氣。終於，她終於走了出來。

在經歷了這麼多以後，她是不是也長大了不少？

成長，是用傷痛換來的。

都華央將這些心路歷程打成文章，並設定好於晚上十點發文，同時間等待紀牧唯帶著新男友來與她見面。

回應每則留言的時候，都華央發現了新留言。

留言者：過帆（悄悄話）

留言內容：毛毛蟲小姐，您好。我算是老讀者了，卻沒介紹過自己。不知道妳會不會曾經覺得我很奇怪，怎麼每次都能搶到頭香。其實，我的工作是在網路上逛部落格，尋找有人氣的部落客進行廣告合作。當然根據不同部落格的經營模式，也有不同的合作方向，出版書籍、邀請活動參與、寫心得文、廣告交換、影片製作等等。將近一年前，我點到了一個人氣只有個位數的部落格，看了幾篇文章，其實當下並沒有特別的感覺；而後又因緣際會地點進同一個地方，居然漸漸被文章吸引。請容我說您的文章非常平凡，但越是平凡的東西越是觸動人心。因此，想跟您洽談合作，若您有興趣，請聯繫我。

她皺起眉頭，不敢確定這件事情的真偽。

她試探性地拿起手機，撥打了過帆留下的公司電話，是一間頗有名氣的美商網路行銷公司。

她不敢相信，幾乎要摀著嘴才不至於尖叫。

「幹嘛一臉開心？」紀牧唯的聲音出現在背後。

「天！紀牧唯！我跟妳——」

都華央還沒說，紀牧唯的眼睛已經停在螢幕上。她的表情先是疑惑，接著又皺起眉頭，忽然恍然大悟地看著好友。

「這是妳的部落格?!」她大喊。

「咦……妳知道這個部落格？」換都華央驚訝了。

「我當然知道啊！天呀，我同事推薦給我的，但我才看了最近幾篇而已，原本打算找時間追完的！」紀牧唯坐到旁邊的椅子。「天啊！天啊！妳當起部落客怎麼沒有跟我說啊?!」

「一開始的目的只是有個寫日記的地方，不知不覺就……」都華央聳聳肩。

「什麼不知不覺啊！不知不覺可以經營到人氣破幾十萬？」紀牧唯又看了下螢幕。「而且天啊，有人要找妳合作？我們家華央要大紅大紫了！」

「等一下，這一切都還說太早了啦。」都華央趕緊把螢幕壓下來。「妳今天不是要介紹男朋友給我認識嗎？」

「幹嘛扯開話題？不管，再來有什麼都要告訴我才行！」紀牧唯眨眼睛。

她與那個子公司的人走在一起了，是對方追求她。

看到紀牧唯現在幸福的模樣，都華央真心為她高興。

「妳男朋友呢？」

「他去停車，啊，來了！這邊！」紀牧唯站起身，對都華央背後的咖啡廳入口處招手。

都華央也起身，男人來到她面前。

「跟你們介紹一下，這是我大學死黨，都華央。他是我男朋友，單定一。」

許久不見的單定一，除了頭髮短了點、表情充滿訝異之外，沒什麼變。再次見到他，沒想到是以這種形式，但都華央卻意外地冷靜。

「你好。」她甚至可以露出自然的微笑。

「……」單定一和她之間，也許還存在著無形的默契吧。「妳好。」

紀牧唯拉過單定一到身邊坐下，滔滔不絕地講起他們相識的過程，還有單定一如何溫柔體貼，是如何難得一見的好男人。

「我受傷的時候絕對想不到，會遇到這樣一個完美的男人。不是因為是我男朋友所以我要自誇喔！但是單定一真的不一樣，他和其他男人都不一樣。」紀牧唯驕傲地介紹自己的男朋友。

都華央聽著，微笑著。

「我現在還是不敢相信妳就是『毛毛蟲小姐』，天啊，我回去一定要好好把妳所有的文章都看過一遍！我都不知道妳這麼有才華，也太低調了吧！」紀牧唯興沖沖地表示。

她知道，紀牧唯在桌子下與單定一相握的手，即便看不見，都刺眼。

「我會檢查妳有沒有每一篇都留言喔。」她微笑地看著面前的兩人。單定一看起來神色尷尬。他用眼神暗示都華央，什麼也別說。

他用眼神求她，不要告訴紀牧唯。

原來，他在面對自己真心所愛的女人時會不一樣。他不是沒有愛人的能力，只是正巧自己不是他所愛。

那一句「成千上萬個人，只有一個不一樣，其他都一樣」之中，不一樣的，是自己所愛的人；一樣的，是其他人。

可是，都華央卻感覺到了，桌面下，單定一不安分的腳。

他先是試探地碰觸她，接下來更大膽狂妄地滑過她的腿。都華央抬頭，對上他的眼，見到的是她見過的欲望。

腦中浮現他肯定地說：「男人都一樣。」

都華央笑了，發自內心的一種悵然。

男人，都一樣。

當他們對著自己的另一半說著「我愛你」，又該做些什麼來證明這份愛情，讓它歷久彌新？

又該說多少的謊，讓一切維持和平的假象？

說了愛以後呢？

她彷彿再次看見那扇綠色大門，只是這一次，沒有背叛。

後記

我們都一樣

哇！沒想到這麼多年後，《說了愛以後》有機會可以再次和大家見面。感謝三采讓它能夠以全新的面貌和各位相見。

本書是二〇一四年撰寫，二〇一五年出版，當時是我第一次嘗試寫都會愛情故事，對於當年也才剛出社會不久的我來說，真的是很大的挑戰。

然而時光飛逝，如今已經是二〇二一年，我已經成為社會上的油條了（誤），回去看以前所寫的某些東西時，會覺得：「哎呀妳太天真嘍尾巴！」

而且令人震驚的是——我當年居然在書裡寫了類似「三十五歲很老」，吼，真是年少輕狂不懂事啊，新版立刻改掉哈哈哈哈。

如果看過舊版的《說了愛之後》，那新版由三采出版的《說了愛以後》是不是令你驚豔呢？

就如同我說過的，去看以前的文章會發現自己這些年的成長，同時也會發現青澀的自己寫出了現今的自己無法書寫的文字和劇情。

都華央在故事裡時常會寫心情日記，有一些心情日記讓我這次重新修訂時，覺得「天呀，剛畢業的尾巴也太多愁善感了吧，居然能寫出這樣的心情日記」，現在的我只剩下「好累喔」，哈哈哈。

而新版，我增加了驚喜角色：莫云諳。你們有沒有很驚訝！不知道的小尾巴們讓我來解釋一下，她是下一本《今天，還愛我嗎？》的女主角。

過去，她們是兩個單獨故事的女主角，並沒有交集；但是在修訂時，和編輯討論過後認為，這兩本畢竟是我當年所寫的最初兩本都會愛情小說，如今要重新出版，那讓她們有關連似乎更為驚喜。於是，我便讓她們成了鄰居。

題外話，這一本雖然是二〇一四年的創作，但是內容並無太明顯感受「時代差異」的變化，唯一不同的是傅小雨在講一些通訊軟體時，出現了一個現在已經消失的軟體。我當下看到還想說：「欸？這什麼？」所以新版就拿掉了。

然後啊，新版的結局雖然是一樣的，可是修了兩句話；而光是多了這兩句話，就造就了完全不同的感覺！

我非常、非常喜歡新版的結局，要說這樣是更動結局了嗎？我覺得很微妙呢，似乎有一點，可是又不太算，你們覺得呢？

好吧，新版的《說了愛以後》更加地現實，讓你覺得：我的天喔，愛情不能信！男人都一樣！

嘿，不是男人都一樣，而是我們都一樣。

有人說愛情是要經得起試煉，嗯，是沒錯啦，能夠一起走過現實的一切還能繼續在一起的，那才是能夠長久生活的伴侶；不是愛情，是生活。

然而試煉不是人為創造，是要自然發生的。永遠、永遠不要主動考驗愛情、友情、人際等等，很多事情是經不起考驗，也無須考驗。

在我的記憶之中，對於《說了愛以後》總感覺「可以再寫得更好」，但對當時二十中期的我來講，已經是寫到最好了。

所以我一直覺得有些許遺憾，忽然能明白好萊塢電影總是說「現代的科技還拍不出這部電影」的話。對於當時的我來說，寫出的《說了愛以後》已經是最好的，可是對我自己來說，總認為還能更好。

這中間的差距就是年紀吧。所以多年後，再有一次機會，讓我寫到當時的自己認為距離「最好」只差一點點了，希望新版的故事，大家都會喜歡。明明故事內容都沒變，只是增加了一些人物、增加了一些細節與對話，讓整個故事完全，嗯，更現實一些了吧XD

但是，我很喜歡單定一呢，這樣的男人當朋友真的很好；如果當成床伴也是不錯啦，只要你不暈船，他也不會暈船。

喔不過當男友的話，嗯哼，還是考慮一下吧哈哈哈！

這個故事中沒有完美的愛情真是抱歉，但卻是最真實的愛情。

我們的最愛，永遠留給自己，愛著自己，像都華央一樣，從這些傷痛中成長，或許那模樣不是年少天真的你想像中的完美，可是我們都在這個世界努力，長成了最能生存的模樣。

不是可悲，不是妥協。這，叫做成長。

謝謝各位願意閱讀這本書籍，希望你們都會喜歡！我們下次見。

尾巴

國家圖書館出版品預行編目資料

【戀物語 1】說了愛以後（2021 新修收藏版）／尾巴 著
－ 初版 . -- 臺北市：三采文化，
2021.4
面：　公分 .（愛寫 46）
ISBN：978-957-658-494-7（平裝）

1. 華文創作 2. 小說 3. 愛情小說

863.57　　　　110001147

◎封面圖片提供：
WStudio ／ Shutterstock.com

◎內頁圖片提供：
p.05-unsplash.com/Pawel Czerwiński
p.31-unsplash.com/kyo azuma
p.65-unsplash.com/Issara Willenskomer
p.95-unsplash.com/Kristina Tripkovic
p.121-unsplash.com/Krista Mangulsone
p.165-unsplash.com/Ivan Aleksic
p.209-unsplash.com/Cristian Escobar
p.257-unsplash.com/Gabriel
p.289-unsplash.com/Shaira Dela Peña
p.323-unsplash.com/JC Gellidon

suncolor 三采文化集團

愛寫 46

【戀物語 1】說了愛以後

作者｜尾巴
責任編輯｜戴傳欣　校對｜黃薇霓
美術主編｜藍秀婷　封面設計｜高郁雯　內頁設計｜高郁雯　內頁編排｜陳佩君

發行人｜張輝明　總編輯｜曾雅青　發行所｜三采文化股份有限公司
地址｜台北市內湖區瑞光路 513 巷 33 號 8 樓
傳訊｜TEL:8797-1234　FAX:8797-1688　網址｜www.suncolor.com.tw
郵政劃撥｜帳號：14319060　戶名：三采文化股份有限公司
本版發行｜2021 年 4 月 16 日　定價｜NT$340